El amor es a tiempo

El amor es a tiempo

Ernesto Mireles

Copyright © 2022 por Ernesto Mireles
Diseño de portada e ilustraciones por Anneliese Mireles

Reservados todos los derechos. No se permite la reproducción total o parcial de esta obra, ni su incorporación a un sistema informático, ni su transmisión en cualquier forma o por cualquier medio (electrónico, mecánico, fotocopia, grabación u otros) sin autorización previa y por escrito. Para solicitar permiso o para recibir más información, diríjase a la editorial en la dirección a continuación.

Esta novela es una obra de ficción. Los nombres, personajes, lugares y sucesos son productos de la imaginación del autor o están usados de manera ficticia. Cualquier semejanza a eventos, lugares o personas reales, vivas o muertas, es pura coincidencia.

ISBN: 979-8-9852303-2-1

Primera edición, abril 2022

Create Sparkle
867 Boylston St., Suite 500, Unit #525
Boston, MA 02116
info@createsparkle.art

Dedicado a Apolo, mi vínculo con la eternidad

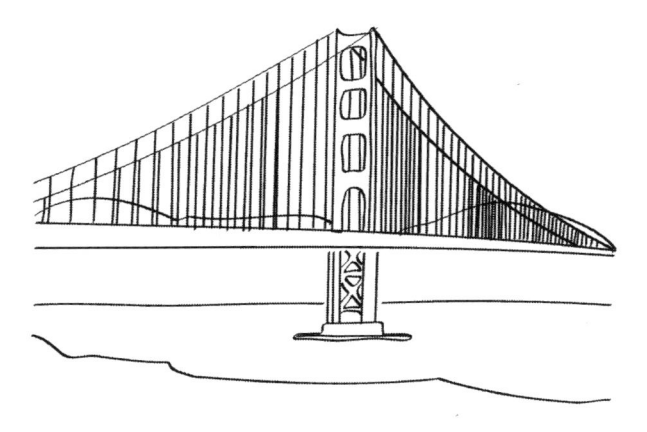

Acto I

Agüero

Era viernes e íbamos conscientes del tiempo. Teníamos un vuelo esa tarde que nos llevaría a Londres, pero también era un día soleado y no queríamos rechazar el parque o las diversiones que nos rodeaban; además, la chiquita había encontrado una tienda para niños que contaba con juguetes, libros, peluches, piñatas, globos… ¡todo lo más destellante! Que era lo que más le fascinaba en todo el mundo.

—Bueno, vamos adentro —les dije echando un ojo al reloj—, pero solo un ratito

Entramos y empecé a mirar los libros sin expectativa hasta que encontré unos de poesía. Me entretuve un rato hojeando uno modesto, titulado *Mi primer libro* y publicado en Monterrey hace un siglo.

—"¡Sin hogar!", "Leyendas de allá", "No me digas adiós", "¡Tempestad!"

Los poemas eran maravillosos y me engancharon por su belleza y profundidad. Iba en "¡Tempestad!" cuando noté que alguien se me quedaba mirando desde no muy lejos.

—¡Carlos! —salté con emoción sin renunciar al libro.

Nos abrazamos. Noté que se había puesto a tomar un video para grabar mi reacción desde el inicio. Mi hermana también estaba cerca y se rio al verlo todo. La sonrisa de Carlos tenía el mismo resplandor que solía lucir de niño.

—Pinche Carlos, ¿cómo has estado?

El tiempo se dilató. Su sonrisa de haberme visto por primera vez en mucho tiempo y la reunión imprevista empezó a cansarse, convirtiéndose en algo distinto.

Su rostro había cambiado hasta que casi ya no lo reconocí. Se veía más avanzado de edad. Tenía los ojos oscuros, agotados, marcados por el tiempo, como si hubiera pasado por campos difíciles que le restaron años de juventud y de brillo.

—Estoy enfermo —me dijo con una voz honesta, casi resignada. Sus palabras carecían de mayor explicación.

Me desplomé con esa noticia.

—No puede ser… ¿Qué pasa?

Me acerqué de nuevo, tratando de encontrar las palabras para entender mejor lo que estaba pasando y para animarlo. De repente, noté que había mucha gente rodeándonos, todos haciendo fila para entrar a un lugar que recordaba a Disney.

—Oye, Carlos, vámonos de aquí —le dije—. Podemos hablar tranquilos afuera de esta cola

—Bueno, vamos pa… —su voz y sus palabras ya no me alcanzaron.

El entorno era muy alborotado y entre tanto trastorno y movimiento perdí a Carlos. Entonces vi que mi hermana y la niña habían pagado la entrada y ambas se pasaron por el torniquete. Estaban del otro lado.

—Pero ¿qué hacen allá, Ceci? —le pregunté sorprendido— Ya se nos está acabando el tiempo

—Es que la niña quería entrar. Quería jugar

—Sí, pero perdí a Carlos y ya tenemos que irnos al aeropuerto

—Estamos acá...

Vi que la chiquita se apartó de Ceci y se fue corriendo, llena de emoción por empezar. Había mucho caos con tanta gente que iba amontonándose hacia la cola y pasando por el torniquete, bloqueando mi vista de ellas.

—No te me vayas, ¡espérame!

—Ceci, acá hay una salida... Se nos va a ir el vuelo, ya vénganse para acá

Ella se metió a la multitud para buscar a la niña. Las olas sonoras que portaban su voz fueron amortiguadas por el movido y espeso ambiente.

—¡Ceci...!

Tenía que encontrarlas y no veía otra opción. Inspirado por el London Underground me lancé corriendo y salté la barrera que dividía los dos lados. Estaba dentro.

Preparaciones

Sonó el teléfono, como diligente despertador. Esto dio inicio el nuevo día; entorné los ojos para ver el reloj digital al otro lado de la recámara. Ya eran las 9:40.

—Hola… —contesté modorro.

—¡Hola! Soy yo. ¿Te desperté?

Reconocí de inmediato la voz de Cecilia Barcelona, mi hermana, que no era tan distinta a los ecos de la voz que había soñado poco antes y que seguían ondulando en otra forma en mi subconsciente.

—¡Ceci! Sí… digo no… digo… Es que me desvelé y no puse despertador

Me levanté y fui a la ventana mientras hablábamos. Era un lunes soleado, marcado por la neblina matutina que acariciaba con regularidad las colinas Twin Peaks de San Francisco desde el Océano Pacífico.

—¿Cómo sigues con todo? —me preguntó, refiriéndose a mi trabajo que, en aquellos días, sí era todo.

—Todavía me falta, pero bueno, debo estar listo

—¿Y ya estás listo para venir en dos semanas?

—Sí, eso seguro, ya tengo el vuelo. Deja te hablo más tarde y te doy todos los detalles

—¿Te dije que van a estar aquí Lucía y Kibo? Vienen de España, ¡te van a encantar! Les conté que tú también venías. Ya casi te conocen de tanto que hablo de ti

—Genial… Mira, perdón Ceci, pero te hablo más tarde. Es que ya tengo que irme a la chamba

Trabajaba en el valle, cuesta abajo del cerro donde vivía.

—Sale. Háblame antes de las 3 tuyas si puedes. ¡Te quiero, hermano!

Salí de la casa poco después. Mi rutina consistía en conseguirme desayuno y un café en uno de los restaurantes, entre Potrero y la Misión, y llevármelo a la oficina para no perder tanto tiempo.

Ese día me conseguí una avena con fruta, linaza y yogur, para empezar la semana con algo saludable, y luego llegué a la oficina donde me metí directamente en lo de siempre.

Así transcurrió el tiempo…

Era una oficina de ladrillo en una ciudad encaramada entre las placas tectónicas que estaban en desequilibrio perpetuo, formando la zona sísmica que se extendía alrededor del gigantesco océano. Pero no sentí los mini temblores que sucedieron aquella mañana, mientras iba en camino, pensando en los detalles de mi presentación.

—Hola, ¿cómo vas? —me preguntó Alex, mi camarada del trabajo— ¿Sentiste el temblor?

—¡Hola, Alex! Voy bien, aquí con lo de siempre. ¿Qué temblor?

—Un 4.2. Hace como media hora

—No, no sentí nada

—Pues todos los que estuvimos aquí sí lo sentimos. Haz de cuenta que el edificio iba sobre ruedas y de repente pasó tres topes seguidos. Y no sabíamos cuánto iba a durar o si se iba a poner más chingón…

Alex todavía estaba prendido por la emoción del evento.

—¿Qué hiciste?

—Pues nada, nomás esperé hasta que se acabó

—Se supone que debes ponerte abajo de un escritorio o una puerta. Bueno, eso es lo que se hace aquí. En México siempre era salir del edificio lo más pronto posible, porque todo se derrumba. Ahora, imagina un temblor fuerte con todo este ladrillo…

—No manches… ¡Ojalá no nos toque mientras estemos aquí! ¿Oye y qué hiciste este fin? ¿Pudiste salir?

—No, me quedé en casa trabajando

—Uf, qué lástima

—Sí, pero ya veo la salida. Solo faltan once días y luego estaré listo para viajar

Llevaba varias semanas desarrollando el material que iba a presentar en una conferencia de economistas; pero cuando tenía espacio mental me permitía ver al otro lado de esa conferencia y pensaba en la reunión que iba a tener con Ceci.

—¿Londres?

—Sí

—¡Genial! Pues buena suerte, aquí estoy si necesitas algo

Pasaron más horas. Mi proceso era un ciclo que consistía en crear, revisar, editar, analizar, añadir, cortar y pulir. Me enfoqué tanto que perdí consciencia del tiempo y la hora en Londres.

—Ceci ya ha de estar dormida —pensé.

Seguí trabajando.

Esa noche mi recámara recibió la luz de la luna llena, mientras yo me desvelaba en el comedor con mi computadora y un plato hondo de *pad thai* con camarones.

Tres días después le hablé. Ya era jueves. Solo faltaban ocho días para la conferencia y nueve días para su boda.

—Ceci, hermana, perdón. Es que he estado tan ocupado que perdí... ¡Perdón, Ceci!

—No te preocupes, ¡no pasa nada!

—¿Cómo van? —le pregunté sobre ella y Aurora. Se conocieron hace más de cinco años en la universidad y ya iban en las últimas preparaciones para casarse.

—Muy bien. Parece que cada día nos trae algo nuevo... y hay mucho que hacer. Pero estamos encantadas y llenas de emoción

—Qué bien, ¡ya quiero estar allá con ustedes! Oye, ¿te puedo hablar este fin de semana? Para entonces tendré mucho tiempo para platicar

—Sí, claro... ¿Cómo vas con lo tuyo?

—Igual me falta mucho que hacer, pero seguro termino

De inmediato lamenté mis palabras, porque sonaron como una invitación y puerta abierta a la mala suerte.

—Perdón, estoy balbuceando... Te hablo este fin. Te quiero mucho, Ceci

El viernes conseguí un omelette de jamón con queso, pan inglés, y un café. Seguí trabajando con mucho esmero.

—Campeón, buenos días

—¡Alex!

—Acabo de hablar con nuestro director en Nueva York. Parece que van a llegar dos distinguidos profes a la conferencia, uno de Yale y el otro de Princeton. Los dos van a escuchar tu discurso

No esperaba eso.

—No manches... ¿Seguro?

—Sí. El director me lo acaba de contar. Les comentó sobre tu discurso para asegurar que no faltaran

Traté de tomar la noticia con calma. Esto era una enorme oportunidad para mí que me podría dar mucho más reconocimiento en mi campo. Igual sentí la presión subiendo por dentro.

—Quisiera tener otra semana para tener todo listo y poder ensayar —le dije.

—Tú sabes que eso no existe. Además, se ve que ya estás muy avanzado. A ver, muéstrame tu trabajo, como si ya fuera el próximo viernes

Alex me escuchó y me dio muy buenas ideas que me impulsaron a hacer cambios importantes. Eso me ayudó bastante. Le salí debiendo unos tacos y una botella de vino para otra ocasión.

Para la siguiente noche había recuperado espacio para pensar más en Ceci. Le hablé el domingo por la mañana, cuando ya era tarde en Londres.

—Hola, querido hermano —me dijo—. Primero que nada, ¿cuáles son los detalles de tu vuelo?

Le conté todo mi plan. El próximo viernes me iría directamente de la conferencia al Aeropuerto Internacional de San Francisco donde tomaría un vuelo sin escala a Londres, programado para aterrizar la mañana de su boda.

—Llego a las ocho, horario de Londres

—¡Genial! Yo voy por ti… Allá te veo en Heathrow

—No te preocupes, yo puedo tomar el tren, tú vas a estar muy ocupada ese día. Además, es muy temprano

—¿Cómo crees? No podría no ir por ti. Eres el único de los nuestros que va a venir

Escuchar su voz y sus palabras me hizo sentir tan afortunado. Entonces pude apreciar lo que significaba este momento para Ceci y Aurora y que yo estuviera presente con ellas, algo que no había ocurrido antes, porque todo había sido consumido por la conferencia.

A fuerza tenía que hacer las dos cosas, no había otra opción.

—Bueno, muchas gracias, Ceci

—Ok. Me hablas si necesitas algo. ¡Solamente faltan seis días para que estés aquí!

—¡Sí! Te quiero mucho, hermana. Adiós

Turbulencia

No había nada. El tiempo no existía.

El inicio comenzó abrupto y aleatorio con el despertador y la aplastante gravedad. Siempre eran así los inicios oníricos.

Hacía frío, pero la manta era muy cómoda y pesada. Entraban unos rayos de luz por el estrecho espacio vertical entre las cortinas y la pared que llegaban a la orilla de las mantas gruesas. Deseaba volver al silencio, pero me resigné al trastorno del despertador con tal de quedarme recostado, inundado en las almohadas. El tiempo discurría lento. No había nada más.

Transcurrió aún más tiempo, esta vez indefinido. Empecé a percibir que la luz de los cinturones estaba encendida, pero este proceso duró un rato. Me quedé allí, reclamando consciencia en alguna forma, pues ya era tiempo de despertar.

—Perdón, quiero un café, por favor —le dije al asistente de vuelo.

—Lo siento. Estamos pasando por un área donde están previstas turbulencias fuertes. No habrá servicio de café hasta que pasemos al otro lado de la tormenta

—¿Y cuánto tiempo va a durar eso?

—No lo sé. Yo le traigo un café en cuanto pueda, pero lo más seguro es quedarse en su asiento con el cinturón abrochado

El asistente de vuelo se desvaneció. Simultáneamente, empezaron a venirse las primeras olas de turbulencia. Eran leves.

Era un vuelo nocturno y somnoliento, donde el amanecer en aquellas latitudes del extremo norte era previo a lo que esperaba el reloj interno. Era un avión muy grande, de dos filas. Iba lleno de gente.

Busqué otro rostro o alguien con quien pudiera hacer contacto visual, para constatar que la ansiedad que sentí no era compartida o necesaria.

No veía a nadie.

Volteé a dar unas largas miradas tras las dos filas, buscando otro asistente de vuelo o pasajero.

—¿Dónde está el café? —me pregunté en vano.

Seguían las olas de turbulencia, ahora más fuertes e intercaladas con huecos de silencio precario. Carecían de cualquier ritmo que me permitiera encontrar la calma.

Noté por algunas ventanillas que no se habían cerrado por completo que el sol ya había avanzado bastante en su marcha aquella mañana. Aquel despertador seguía incesante. Me estremecí al ver la hora. Ya eran las 8:42.

—Uf, no voy a llegar a tiempo con mi hermana...

Mi reloj interno suplicaba que apenas fueran las 12:42.

Reposo

Después de colgar con Ceci, salí de casa cuesta abajo hacia la Misión. Era un día maravilloso en San Francisco y lo que más necesitaba era apartarme de mi trabajo por un rato.

Me senté en el bar de mi restaurante japonés favorito tomándome mi tiempo con el sushi y un té verde. Me perdí observando la destreza del chef con el cuchillo que usaba para cortar el sashimi; era largo y filoso con un mango de madera oscura. Además, daba la impresión de tener una larga historia. Volví a pedir sushi dos veces más, hasta que por fin sacié mi apetito y me despedí del chef para regresar al sol.

De allí seguí al oeste, atravesando el Castro y su teatro histórico volviendo cuesta arriba en 17th Street. Era una calle muy empinada que bifurcaba la ciudad. Tomé Stanyan Street hasta Parnassus y luego Judah, metiéndome en las calles del Inner Sunset hasta llegar a Turtle Hill, una colina cuya cima se abrió hacia el oeste.

El Golden Gate Park se extendía hasta las playas, donde las últimas neblinas se iban esfumando bajo el sol de mediodía. El Golden Gate Bridge, orgullosamente atento y consciente del glorioso día, vinculaba los cerros verdes que ondulaban más allá al norte. De la cima me volví a perder tratando de ver si se divisaban Los Farallones, unas islas que abarcaban leyenda y misterio allá en el turbio horizonte.

Regresé a casa esa noche y formulé un plan para los siguientes días; por primera vez, sentí que iba a lograr todo lo que quería y podía ver con toda claridad el camino entre entonces y el viernes.

Podía visualizarme dando la conferencia ante toda la distinguida facultad, y poco tiempo después abordando el avión que me llevaría a Londres donde dormiría con la tranquilidad de saber que todo se había realizado. Solamente tenía que llegar.

Antes de dormirme, empecé a juntar lo que necesitaría para el viaje. Pasaporte estadounidense, adaptadores para la corriente inglesa, paraguas, unos libros que por fin tendría tiempo de leer, ropa formal, zapatos, la invitación y los detalles de la ceremonia, y todas las libras esterlinas que me sobraron de otro viaje. Esa semana se iba a ir volando y no quería olvidar algo en el alboroto del último día.

Noticia

La rutina y el ímpetu del lunes me llamaron la atención. Quería terminar de incorporar las nuevas ideas y los cambios para enfocarme en los últimos ensayos de mi presentación verbal.

Imaginaba la sala y la audiencia: la luz, las herramientas audiovisuales, me veía con mucha energía, pero relajado, abriendo con la bienvenida y lanzando directamente una variante de «el dilema del prisionero» para enganchar a todos los economistas en la audiencia.

Justo estaba pensando en eso cuando pasé por uno de mis restaurantes favoritos en la Misión. Aunque tenía prisa, el desayuno siempre era una parte de la mañana que merecía su lugar. Me conseguí un súper burrito que llevaba chorizo con huevo, frijoles, queso, y aguacate, con una salsa ranchera y un café. Los sabores evocaban el fuego y la pasión de la tierra y las manos, permitiéndome una breve nostalgia. Valió mucho la pena y con ese desayuno no iba a tener hambre por un rato. Ya era tiempo de trabajar.

Poco después, estaba a punto de entrar a la oficina cuando entró una llamada de *+52* que no esperaba. Era Liliana Alemán, la hermana de Carlos. No había oído de ella en muchos años.

—Hola, Liliana, ¿cómo estás?
—Carlos anda muy mal —me informó Liliana.

Escuché sus palabras y entendí su sentido literal, pero nada más. Era una noticia ajena, que no cuadraba con mi ambiente. Como si lo hubiera soñado y solamente me faltara despertar.

—A ver, permíteme un segundo

Pasé al vestíbulo donde seguían entrando y saliendo las personas que trabajaban en el edificio.

—Perdón, Liliana, ¿ahí estás?

—Es que Carlos tuvo un accidente y no sabemos cómo va a salir

Carlos era mi mejor amigo de la niñez.

No obstante, mi mente seguía regida por mis actuaciones e intenciones anteriores. No pude girar o reaccionar a la nueva noticia.

—Gracias, Liliana. Espero que todo vaya a salir bien —mi primera respuesta era una bazofia, mis palabras puras pendejadas.

No tenía la capacidad para escuchar o entender bien lo que estaba pasando. Tampoco sabía qué hacer ni qué decir.

—Este, ¿te puedo hablar más tarde para saber cómo sigue?

—Sí, por favor, este es mi número de teléfono

—Gracias. Yo te hablo después. Todo va a salir bien, no te preocupes

Así colgamos y así la dejé. Mis palabras no empezaron ni a aproximarse a la situación. Aún impulsado por mi ritmo, me senté a trabajar.

Pero ya no era como antes.

Noté que había perdido algo de claridad. No pude concentrarme muy bien por la noticia de Liliana, que poco a poco se iba instalando más y más en mi conciencia.

Lo repasé varias veces, según como lo recordaba. ¿Acaso había escuchado mal a Liliana o había interpretado todo de una forma muy optimista? ¿Qué sucedía?

Igual me sentí molesto, casi resentido. No tenía tiempo para una novedad. Necesitaba enfocarme en mi presentación, llegar con Ceci y fin.

A Carlos lo mantuve lejos, diciéndome que todo tenía que salir bien. ¡A huevo que sí!

Esa noche le hablé a Liliana; estaba en un hospital y se oía un barullo enorme al fondo. Una niña pidiéndole algo, casi llorando, una voz quebrantada y mucho ruido ambiental. Me dio el nombre del hospital y me preguntó si podía ir a ver a Carlos.

Eso fue lo último que escuché. La llamada solo duró un minuto.

Almuerzo

Oí la llave, el giro del seguro y el repentino abrir de la puerta.

—Hola, hola, ¿quién está allí?

—Soy yo

—¡Carlos! —qué alivio escuchar su voz— ¡Wey! ¿A qué hora te levantaste?

—A las ocho, wey. Ya levántate dormilón, hay que salir

Salimos del hogar y empezamos a caminar. Pasamos un monumento que parecía el Ángel de la Independencia. Después una glorieta, unas manifestaciones, un jardín, el majestuoso Palacio de Bellas Artes.

El tiempo se dilató en lo que seguíamos caminando. A veces Carlos iba adelante, otras veces iba a mi lado, otras veces no lo veía.

—Oye, vamos a comer, ¿no? —escuché su voz, que ahora venía detrás de mí— Tengo hambre

—Sí, yo también

De la Avenida 5 de Mayo tomamos el pasaje la Condesa hasta la calle Tacuba, pasando por Xicoténcatl hacia Donceles.

—Oye, es aquí, ¿no? —le pregunté— ¿A la izquierda?

—No. Es derecho. Ya casi estamos

Luego luego llegamos a hacer fila en el restaurante. Alguien llegó a pedirle una moneda a Carlos, quien ya se había ido. El tipo empezó a enojarse con Carlos por haber desaparecido tan pronto.

No quería dejar a Carlos en deuda. Saqué todas las monedas que tenía en el bolsillo y se las entregué. Me miró descontento, pero se conformó con la limosna y se fue.

El tiempo se dilató más, hasta que por fin me sentaron en una mesa mediana al fondo del café.

Me tomé mi tiempo para mirar la carta y los detalles del restaurante. Los azulejos, los cuadros, los vitrales, los candelabros. No tenía prisa ya estando allí. Sabía que Carlos regresaría pronto.

Para entonces, yo también sentí que tenía hambre. Pedí dos cafés y dos almuerzos completos. Venían con huevos, papas, frijoles refritos, pan tostado y melón.

De repente entraron varios niños chiquitos, corriendo hacia atrás entre la sala y la puerta, llenos de alegría. Enseguida llegó una niña a la mesa donde yo estaba sentado. Ha de haber tenido entre cinco y seis años.

—Tu amigo está atrás —me dijo—, está en los columpios. Ahorita regresa para comer contigo

La niña se veía tan animada por entregarme esa noticia.

—Muchas gracias —le dije con una sonrisa enorme. Se fue corriendo para alcanzar a los otros niños.

Quería salir a los columpios para estar con Carlos, pero en eso empezaron a llegar los desayunos, así que decidí esperarlo. Me quedé tan agradecido por la presencia de Carlos y por la noticia que me había entregado la niña. Su voz era tan suave y linda, sus palabras tan reconfortantes.

Disfruté los primeros tragos de café allí en la mesa, donde el tiempo se volvió a dilatar.

El peso del tiempo

Desperté y sentí a Carlos muy cerca. ¿Qué le estaba pasando?

Era martes. No sabía qué hacer. Solamente faltaban tres días para la conferencia y el vuelo a Londres. Pero temí que fuera algo muy serio.

Llevaba la voz de Liliana conmigo. Igual pensaba en Ceci. Tenía que decirle algo. ¿Pero qué?

Metí dos plátanos en la mochila y me fui directamente a la oficina para no perder más tiempo, aunque empezaba a sentirse como un acto vacío, un sinsentido. Tampoco había recuperado el impulso para concentrarme.

—Buenos días, Alex —acudí primero que nada a mi camarada de la chamba.

—Hola, ¿cómo andas campeón?

—Pues más o menos... Oye, ¿te puedo contar algo?

—Sí, vamos a sentarnos acá afuera, donde nadie nos escucha

Me trajo un café y se sentó conmigo en un salón semiprivado, apartado de nuestros colegas.

—Es que ayer recibí una noticia desconcertante. La hermana de mi más querido amigo en México me habló. No había oído de ella en mucho tiempo. Me dijo que anda muy mal mi amigo

—¿Te dijo qué tiene o qué le pasó? —me preguntó con simpatía y calma.

—Fíjate, la verdad es que no sé. Me dijo que tuvo un accidente, que Carlos tuvo un accidente, pero no sé nada más

—Lo siento mucho. Espero que todo salga bien para Carlos

Nos quedamos un rato en silencio.

—¿Vas a volver a hablar con su familia o cómo quedaste con su hermana?

—Esa es la cosa que me tiene medio aturdido. Volví a hablarle anoche y no se oyó bien... para nada. Recuerdo sus últimas palabras, que «si podía ir a verlo», no era una pregunta, sino una súplica de ir con ellos. Así se oía de grave

Pude ver en el rostro de Alex y en el silencio que me había escuchado bien. Me había entendido.

—¿Sabes qué vas a hacer? —me preguntó después de un rato.

—No. Y Ceci tampoco sabe nada, pero le tengo que decir. Es que no sé qué hacer... necesito más tiempo para pensarlo bien

Alex tampoco sabía qué decirme, pero me escuchó y eso me ayudó bastante. Entonces me recordó el horario en Londres.

—Son ocho horas de diferencia, ¿verdad? ¿O nueve?

—Ocho. Tienes razón, le tengo que hablar... Muchas gracias, Alex

—Sin problemas. Aquí estoy si necesitas algo. Espero que todo salga bien con Carlos

Le di las gracias y luego le hablé a Ceci. No tenía plan, pero llamarle era el inicio del proceso. Todavía no sabía qué iba a hacer.

Más que nada, sentí el aplastante peso del reloj que lo regía todo. Simplemente, no había tiempo para todo.

—Hola, mi querido hermano. Lucía y Kibo llegaron hoy... ¡Acabamos de abrir otra botella de vino y estamos repartiendo un postre!

Me contestó con el mismo entusiasmo y la radiante alegría de siempre. Escuché las voces alegres que me decían «hola» al fondo.

Entonces, la extrañé más que nunca. Quería estar allá brindando y festejando con ellos. Había lugar para mí. ¿Qué hacía acá? Me quedé sin palabras y empecé a sentir las primeras lágrimas formándose en mi interior junto con una enorme ola de emociones que era imposible descifrar en ese instante.

—¿Cómo vas con todo? ¡Ya no falta mucho para que estés aquí con nosotros!

No sabía qué decir. Me arrepentí por haberle hablado sin un plan concreto. Ni siquiera pude armar alguna declaración o pregunta coherente. Pero le tenía que decir algo. Si entonces no, ¿cuándo?

—Estoy bien. Ceci, es que... es que ayer me habló Liliana Alemán. ¿Te acuerdas de ella? Es la hermana de Carlos

—Sí, claro, los recuerdo. ¿Qué pasó?

Todavía existía la esperanza de que no fuera nada, pero Ceci ya empezaba a sospechar que algo estaba mal.

—No sé bien lo que está pasando, pero me dijo que Carlos tuvo un accidente y que se encuentra mal

—¿Qué, qué?

—No sé. No pudimos hablar mucho. Me preguntó si podía ir a verlo

—¿Y qué le dijiste?

—No le dije nada. Colgamos

—¿Cómo que colgaron? ¿Y ahora qué vas a hacer? —dijo, con voz preocupada.

—No sé, no lo sé. No tengo suficiente tiempo para hacer todo. No sé qué debo de hacer

De repente me sentí cruel por lo que hacía, abriendo dudas y poniéndoselo de esa forma. Quizás en mi subconsciente buscaba su consentimiento para ir a México.

Mi hermana estaba en la cima de la alegría cinco minutos antes y ahora la escuchaba casi a punto de llorar por el teléfono, a pesar de su esfuerzo por ocultarlo. Me desplomé por dentro al escucharla. Fue lo último que quería hacerle a ella.

—Ceci, perdón, perdón, mil veces perdón —ahora elegía mis palabras con mucho cuidado—. Mira, yo necesito hablar otra vez con Liliana para ver cómo siguen. Te hablo en cuanto sepa algo más de Carlos

—Sí, por favor, diles que estaré pensando en ellos y espero que todo salga bien. Y tú háblame cuando puedas, no importa la hora. Me voy a quedar con ese pendiente

—Sí, te hablo tan pronto como hable con ella. Por mientras, disfruta la noche con Lucía y Kibo

—Ok. Pero me hablas

—Sí, te prometo que te hablo. Adiós, Ceci

Esa tarde ya no pude localizar a Liliana. Me quedé mirando el escritorio y la pantalla en vacío. Así pasaron una hora, dos horas…

Decisión

—¿Cómo vas con la presentación? ¿Ya terminaste? —llegaron dos colegas intempestivamente, despertándome de un ensueño con sus preguntas que fueron directamente al grano.

—Hola, buenas tardes... ¿Cómo están? —respondí con una voz lenta y condescendiente, mostrándoles, por ejemplo, cómo se saluda a una persona, como si fueran niños de kínder. Se atragantaron.

—Buenas tardes —asintieron, antes de volver directamente al tema— ¿Cómo sigues? ¿Ya estás listo para el viernes?

—Pues ando dos tres —los miré—. Mi hermana se va a casar este sábado en Londres, pero ayer recibí una noticia inquietante sobre un amigo en México que tuvo un accidente

No mostraron señal alguna de simpatía o comprensión. Uno se quedó callado. El otro me miró como si no entendiera cuál era el dilema, casi testarudo. Ambos resistieron ser desplazados del mundo empresarial que regía su forma de pensar y hablar.

—Se nota que ya le has invertido mucho tiempo. Allí van a estar los dos distinguidos profesores del este. De Harvard y Yale...

—No, Harvard no —interrumpió el otro, por fin hablando—. Los distinguidos vienen de Yale y Princeton

—Correcto. Los distinguidos vienen de Yale y Princeton

—Pero no se trata del viernes —interrumpí—, es mi amigo. Y mi hermana que se va a casar. ¿Qué no entienden?

Ambos me miraron. Y se miraron estupefactos.

—Mi error. Solamente quería decir que no debes faltar, que sería una lástima si no pudieras llegar debido a... debido a razones personales

No entendieron. Los dos se fueron y yo volví a mis cosas, vacilando entre todos los posibles caminos que se iban moldeando en el porvenir.

Por un lado, estaba la conferencia. Por el otro lado, empecé a buscar vuelos a México y a pensar en las miles de opciones. Podía ir, regresar a la conferencia y luego irme a la boda. ¿Llegaría a tiempo? ¿Y en qué condición estaría para dar mi presentación?

Todo me aturdía. No saber la condición de Carlos. Las voces de Liliana y de Ceci. La falta de tiempo. La proximidad de la conferencia y el vuelo a Londres. Me sentí abrumado, como si los rincones se colapsaran a mi alrededor.

Me demoré lo más que pude, solamente quedaba tomar la decisión. Quedarme con lo que ya estaba en marcha representaba la decisión pasiva. Optar por no cambiar nada. Cada parte de mi subconsciente desplegaba señales fuertes en contra de eso, que el *status quo* era inconcebible. Algo necesitaba cambiar.

¿Pero qué? Tenía que decidir.

Oscilaba entre las tristezas que representaban los distintos abandonos. Abandonar el camino que llevaba en mi vida profesional era un campo que tenía resistencia; en el peor caso, podría empezar de nuevo. Mis estudios y mi experiencia aún me pertenecían. Pero la idea de abandonar a Carlos o a Ceci me asolaba por completo.

Empecé a juntar mis cosas para ir a México cuando me habló mi hermana.

—¿Hablaste con Liliana? —me preguntó, tomando las riendas.

—No, no he podido. Le hablé varias veces, pero todavía no he podido localizarla

—¿Cómo se oía ayer cuando hablaste con ella?

—La verdad es que se oía muy agotada. Estaba en el hospital y no pudimos hablar mucho. Había mucho ruido, escuché una niña a su lado, todo se escuchaba medio caótico

—¿Y cómo está Carlos? ¿Te dijo lo que pasó?

—No, no me dijo. Solamente que tuvo un accidente y que está mal. Me preguntó si podía ir a verlo

Hubo una pausa.

—¿Y qué quieres hacer tú? O sea, dejando todo lo demás a un lado, ¿qué harías?

—Necesito ir a México, Ceci —estaba por fin declarando una intención—. Necesito ver a Carlos y a su familia, asegurarme de que están bien

No sé de dónde me salió esto tan claro, pero creo que nos ayudó a los dos.

—Entiendo —reafirmó Ceci con calma—, haces bien en ir con ellos

—Mira, puedo volar esta noche para llegar con ellos mañana temprano. Después regresaría para dar mi discurso y luego me iría contigo

Ahora fue Ceci la que me ayudó a establecer lo que tenía que hacer. A entender.

—Oye, se trata de Carlos y su familia. Ya sé que valoras mucho tu trabajo y que estás muy dedicado; sin embargo, ahorita es un tema de vida. Lo que yo sugiero es que olvides la conferencia. Tendrás otra oportunidad

Dejó de hablar un rato, permitiéndome tiempo para procesar lo que había dicho.

—No tienes que insistir en hacerlo todo —reafirmó de nuevo—. Olvida la conferencia y ve con ellos

Sus palabras desataron lágrimas al inicio y aumentaron la soledad de extrañarla, la urgencia que tenía de llegar con ella. Pero también eran muy reconfortantes y me ayudaron a ver con claridad. Tenía que ir a ver a Carlos. Era un enorme alivio escucharla decir eso.

Ceci estaba a punto de casarse y había contado tanto con mi presencia. Aún encontró el espacio para restarse de la situación, para ayudarme a tomar esta decisión.

—Muchas gracias, Ceci, por tu ayuda y por tu enorme corazón. Voy a ir a México y de ahí puedo volar a Londres para estar contigo

Sin darme cuenta, aún dejaba abierta esa duda que no le ayudaba ni a ella ni a mí. Afortunadamente, me cortó.

—Ve con ellos

Alex, por su lado, me ayudó al escucharme sin proponer ninguna solución. Ahora Ceci me dijo exactamente lo que me faltaba escuchar. La decisión le dio sentido a lo que yo tenía que hacer. Y, sobre todo, sentí su amor y generosidad que iban infinitamente más allá de sus palabras.

Recobré control de mi cerebro analítico y me puse manos a la obra, aunque no tenía suficiente tiempo para informarle al director, tendría que llevarme esa tarea. Empaqué para los dos viajes añadiendo mi pasaporte mexicano y todos mis pesos a lo que ya había juntado; esa noche fui al Aeropuerto Internacional de San Francisco para tomar un vuelo nocturno a México.

Despegamos cerca de la medianoche siguiendo la costa de California hacia el sur, percatados por una modesta luna menguante que nos acompañó hasta nuestro destino, arrastrándonos en silencio tras los hilos de su suave gravedad.

Aterrizaje

Aterrizamos la mañana siguiente en el Aeropuerto Internacional de la Ciudad de México. Entré con mi pasaporte mexicano y recogí la maleta. Pasando al otro lado del control un niño llegó directamente a pedirme dinero. Paré para darle todas las monedas que tenía, que eran una mezcla de pesetas y otras monedas menores estadounidenses, pues pesos solo tenía en billetes, y luego me fui en un taxi rumbo a la colonia donde vivía la familia de Carlos.

El camino a la casa duró una hora. Sentí el enorme y palpitante corazón de México al inundarme en el tráfico con los movimientos, los sonidos y el ritmo cotidiano a todo lo que daba, como hacía día tras día.

A medio milenio de la Conquista, las islas y calzadas antiguas de Tenochtitlan se habían convertido en la ciudad emblemática de todos los pueblos antiguos, reflejando tres siglos de Colonia, dos siglos de Independencia, la Revolución, la lucha social, las artes y toda la modernidad. No había ninguna otra ciudad como esta.

Me quedé aferrado a la ventana mientras platicaba con el taxista.

—¿Y de dónde vienes, amigo?

—De San Francisco

—San Francisco, California. Muy bonita ciudad. ¡Pero qué frío! Una vez fui allá con mis hijos y nos estuvimos congelando con los vientos…

—¡Ja, ja! Sí, es una ciudad mágica en todos sentidos, pero hace frío allá —sonreí—, especialmente en la costa. Pero si te metes tierra adentro entonces hay más sol

—Nosotros no vimos ningún sol, amigo, solo neblina

—¡Ja, ja!

—Yo estuve un rato en el sur de California, entre Los Ángeles y San Diego...

—Allá sí hay bastante sol...

—Sí. Allá anduve con mis hijos mientras iban a la escuela. Pero ya están grandes...

El taxista lidiaba con los cambios del coche y el tráfico, mientras me perdí en la nostalgia. Sentí la emoción del reencuentro con la tierra de mi niñez. Sin darme cuenta, la había extrañado mucho...

Se vendía de todo en las calles. Periódicos, chicles, jugos y agua fresca, quesadillas, elotes, tortillas, jabones, canciones, boletos, camisas, zapatos, gorras, rosarios, bufandas, sandalias, playeras, papalotes, pelotas de fútbol, libros y tacos de todo... Muchas personas llegaron directamente al taxi para ofrecerme mercancía, pasándose entre los autos parados en el tráfico o en un semáforo.

—¿De dónde eres? —llegó a preguntarme.

Siempre me pescaba desprevenido esa pregunta sencilla y cotidiana, llevándome a contemplar el contexto y el motivo.

—Soy de muchas partes —empecé, como me había acostumbrado a hacer en Estados Unidos, pero enseguida noté que era muy buena onda el taxista.

—Nací en Chicago, aunque apenas recuerdo haber estado allá de chico. Mis abuelos nos criaron aquí en México. A mí y a mi hermana. Desde entonces he viajado mucho por los estudios y el trabajo. Ya tengo un rato viviendo en San Francisco…

Me desvié en un pequeño rumbo mental, haciendo cuentas de todo lo que me tocaba hacer en los siguientes días y quizás más allá, a mediano plazo.

—¿Todavía está aquí tu hermana?

—No, está en Londres. Siempre me pide que le lleve bastantes tortillas porque no las consigue allá

—¡Ja, ja! Allá no va a conseguir ninguna tortilla, amigo

Pensé en cómo iba a llegar a la casa. No quería llegar con las manos vacías, además mi dedicación al desayuno y el hambre del viaje empezaban a llamar mi atención.

—Este, ¿cómo te llamas?

—Yo soy Javier

—Mucho gusto, Javier. Yo soy Daniel

—Mucho gusto

—¿Conoces una buena panadería que no esté tan lejos, donde podamos pasar así rapidito?

—Panadería, claro que sí

Javier sabía exactamente a dónde ir, sin desviarse mucho. Cuando llegamos un rato después, tuvo la suerte de conseguir un lugar para estacionarse.

—Esta panadería es muy buena —me dijo—, tienen de todo

—Bueno ahorita vengo, no me tardo. ¿Se te ofrece algo?

—Yo también me bajo y aprovecho para conseguirme algo

—¡Qué bueno! Vamos, yo te invito

Entramos y sin dilatarnos mucho, nos sentamos a comer unos cuernitos con queso y jamón de pavo y tomarnos dos cafés. También compré bastante pan dulce para llevar a la casa y ferié unos billetes para quedarme con un puñado de monedas de 1 y 2 pesos para darle a las personas que me pidieran.

—¿Qué tal, te gustó?

—Sí, bastante. Qué ricos sabores. Era exactamente lo que buscaba

—Gracias

—No, ¡gracias a ti!

Regresamos al taxi y por fin llegamos a la casa.

—¿Quieres que te espere?

—No, aquí me quedo

—Mira, Daniel, toma mi tarjeta. Si quieres que te lleve a algún sitio o al aeropuerto, lo que sea, cuenta conmigo

—Ok, ¡muchas gracias, Javier!

Salí del taxi y me quedé mirando la casa por un rato. Era una casa de piedra verde de dos pisos, rodeada de frente por un jardín. Subí los tres escalones para tocar la puerta, consumido por una mezcla de nostalgia y temor. No podía creer que estaba ahí.

Liliana me abrió la puerta y me dio un abrazo.

—Qué bueno que llegaste— me dijo en voz tierna.

Detrás de ella salió una niña. Se veían cansadas, desveladas. Dejé la maleta y la mochila en el vestíbulo y entré.

Era la misma casa que conocía bien de niño, aunque todos los efectos que me causaba eran distintos. No era solamente la casa. Mis ojos y mi propia perspectiva también habían cambiado, y seguramente había cierta imprecisión en mis recuerdos. Entré no como lo había hecho tantas veces antes, sino resguardado, consciente de que no era mi propio espacio.

Por fin vi a la mamá de Liliana y Carlos al fondo de la casa, sentada en una mecedora. Me reconoció de inmediato, aunque no la había visto en muchos años. Se levantó y vino a saludarme cariñosamente.

—Gracias por estar aquí con nosotros, mijo —me tocó las manos—, ayer fue un día muy pesado

Todavía tenía la bolsa de pan dulce en la mano cuando me dijo que Carlos había fallecido la noche anterior.

Tomó el pan con la mano temblorosa y lo colocó en un plato sobre la mesa. La niña llegó y se sentó a picar el betún de chocolate de una dona. Liliana también entró y se sentó. Noté que las había aliviado un poco al llegar, pero sabía que eso no iba a durar mucho. ¿Qué podía hacer yo?

Me hundí poco a poco en la silla, donde había quedado chueco. Faltaba deslizar la silla un poco más de la mesa para poder sentarme bien, pero no tenía sentido. El silencio y el peso del faltar de Carlos empezaron a abrumarnos cada vez más.

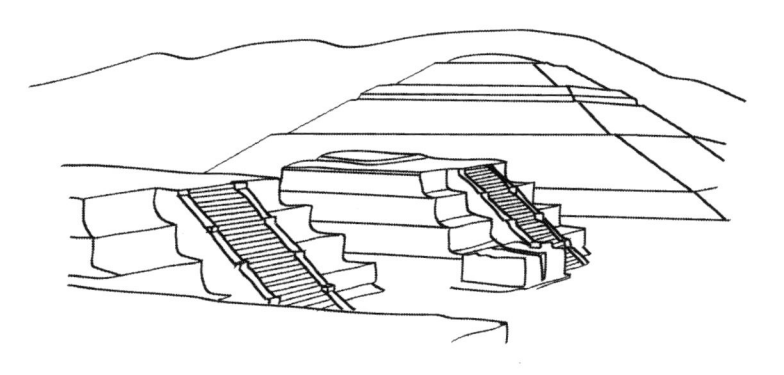

Acto II

El abuelo y los robots

Recordaba ese día con nitidez. Me llamaron a las 7:13 de la mañana, a finales de noviembre. La llamada entró abrupta, delineando la realidad e imponiendo un divisor entre dos etapas, el antes y el después. Lo que hubo y lo que estaba por venir.

—Daniel, tu abuelo falleció anoche, ya descansa en paz —me dieron la noticia.

La llamada era así de breve. No hubo más que se pudiera decir.

Tardó un poco en pegarme por completo. Me levanté y me vestí para el frío. Pantalones de mezclilla, suéter, chamarra, gorra y guantes. Un rato después, salí para ir a la primera clase que tuve ese día, Macroeconomía a las 8:30.

Fue caminando a clase esa mañana cuando vi a los robots por primera vez. Allí estaban como una nueva especie, rodeándome por todos lados, haciendo lo que estaban programados a hacer, lo que hacían todos los días sin emoción.

Y eran todo lo que veía esa mañana.

Quizás con más tiempo llegaría a preguntarme, ¿es que yo jamás he sido ese mismo robot en los ojos de otro ser, sin darme cuenta? Pero entonces no lo pensé.

Mi alma y mi corazón iban en descenso, las lágrimas se apoderaron de mi ser y yo necesitaba abrazar a mis queridos. Necesitaba consuelo.

Caminando a través de la nieve recién caída, deslizándome en mis tenis, esperaba que algunas personas se hubieran dado cuenta de que el mundo cambió, de que todo era diferente. Buscaba a alguien con quien pudiera tener ese entendimiento.

Recordaba las veces cuando mi abuelo preguntaba sobre la gente del norte.

—Ya puedes ver que son robots —le dije esa mañana fría, resentido por la falta de reconocimiento que me rodeaba.

Recordaba nuestra última conversación por teléfono al principio de ese mes, cuando me preguntaba sobre el clima del norte.

—Está bien frío —le dije entonces.

Era mi primer semestre estudiando en el norte. Tenía poco tiempo para prepararme bien para el invierno que se acercaba inevitablemente, como una larga y oscura noche, que para mí todavía era nuevo y teórico.

Esa nieve otoñal era solamente una probadita. Mis tenis no iban a ser adecuados para los fuertes meses de invierno que seguían. Pero no sabía eso. Además, me faltaba dinero para comprar unas botas de nieve.

—¡Nos vemos en Año Nuevo! —le había prometido, pensando en los tamales, las luces navideñas y las fiestas.

Las circunstancias no me permitieron viajar a México para su funeral. No pude ir. Tenía que crear mi propio espacio para sanar allí donde estaba.

En las horas y en los días siguientes logré encontrar y recibir ese consuelo de mis amigas y amigos más íntimos. Mientras tanto, seguí viendo a los robots por un rato, hasta que despacio empezaron a destacar menos.

Con más tiempo, logré conseguir la paz a través del hueco que dejó mi abuelo, y el tiempo que faltaba hasta que por fin pude regresar a México y volver a tocar su suelo. Eso no lo podía superar aquel día de noviembre, marcado por la crueldad del ocaso que llegó demasiado temprano y que terminó marcándome para siempre.

La sala de nostalgia

Liliana y Sofía, su hija, se pasaron la tarde dormidas. Mientras ellas reclamaron el reposo de una siesta, la señora Alemán y yo fuimos a la sala.

Era un cuarto irregular con una geometría curiosa. Había un alto rincón donde coincidieron tres ejes, uno diagonal, uno vertical y uno horizontal, que parecían guardar consciencia de todas las luces y las sombras que llegaron a barrer el suelo de azulejos, las paredes y los muebles de la sala a través del tiempo. Contaba con dos sofás, tres sillas, una mecedora y una mesa llena de fotos de familiares.

La señora Alemán me trajo un álbum de fotos y nos sentamos a mirarlo. En la primera página había una foto de un bebé recién nacido, con su mamá y su papá.

Sonreí, conmovido por la foto.

—Carlos tenía dos días en esa foto —me dijo.

Pasé la página.

Había más fotos de Carlos y sus papás.

Pasé la página.

Ahora entraban más personas.

—¿Quiénes son ellos? —pregunté, aunque parecían familiares.

—Ellas son mis dos hermanas Tere y Yolanda… —ambas estaban sentadas con el bebé.

Iba señalando las personas con su dedo índice, haciendo un puño con el resto de su mano temblorosa, que movía entre las seis fotos que se veían, tres por cada lado de la página.

—Aquí están papá y mamá con Carlos... —refiriéndose a sus papás— Otra vez papá y mamá...

Pasé la página.

—Ahora en su primer cumpleaños —había un pastel con una vela, una silla alta de bebé y un reloj al fondo que marcaba la hora. Eran las 2:53 de la tarde.

Pasé la página.

—Aquellos son los abuelos paternos de Carlos

Pasé la página.

—Ahora tenía entre dos y tres años

Siempre lo vi rodeado por la alegría de su familia.

Pasé la página.

—Aquí tenía tres años. Fue el año en que se enfermó, se nos puso muy grave. Por un mes tuvo mucha calentura, siempre estábamos luchando contra eso. Llevándolo a doctores, metiéndolo a la tina con agua helada, dándole medicamentos. Pensamos que lo íbamos a perder

Me contó esto como solo una mamá lo podía hacer, como algo que había contado tantas veces en su vida que se había convertido en una parte fundamental de su identidad y de su ser.

—Pero de un día para otro se le fue la calentura. Unos días después se recuperó por completo. Había regresado nuestro niño. Era un milagro

Me quedé allí, contemplando ese detalle que no sabía sobre Carlos, que toda su vida desde entonces era tiempo prestado, que ni siquiera lo hubiera conocido, sino fuera por el milagro que acababa de contar su mamá.

Pasé la página.

Había una foto de una bebé recién nacida, rodeada por Carlos y sus papás.

—¿Es Liliana? —pregunté con las cejas alzadas, cautivado por completo por las imágenes.

—Sí, es Liliana. Carlos era tan feliz cuando llegó su hermanita. Siempre quería jugar con ella

Me quedé boquiabierto, pensando en ellos, pensando en Ceci, quien también era tres años menor que yo. Mis pensamientos ahora se fracturaron en las dos nostalgias.

Pasé la página.

Había más fotos con Liliana y Carlos, entre familiares, mientras ambos crecían. Fotos de una Navidad. Fotos en la playa. Fotos en los columpios. Fotos de Carlos en una 4x4, después en una bici.

Pasé la página.

Una foto de Carlos entrando al kínder. Fiestas de cumpleaños.

—Mira, aquí estás tú… —señaló la señora Alemán con el índice— Y aquí también

Había una piñata, un pastel con siete velas, platos llenos de comida y botellas de todo. Coca-Cola, Fanta, Sprite, Carta Blanca, Tecate...

Pasé la página.

Ahora había muchos niños y niñas jugando afuera. Yo reaparecí en la foto entre ellos. Pero había algo más.

Me quedé en la foto, mirándola sin prisa, consciente de que guardaba algo que no adiviné de inmediato, hasta que de repente sobresaltó de la imagen como un regalo del tiempo. Vi que allí entre todos los demás se encontraba la pequeña Ceci, mirando desde un lado, mientras una niña le pegaba a la piñata. Nunca había visto esa foto.

Fue aquí donde todas mis nostalgias se unieron.

Recámara

La señora Alemán me llevó a una de las recámaras en el segundo piso, dándome acceso libre a todo el espacio. El cuarto tenía dos camas, unos muebles y varias estanterías llenas de libros. Además, tenía muchas fotos en las paredes y una ventana que daba hacia el pequeño jardín y las casas del vecindario.

Había pasado muchas, muchas noches en esa casa cuando yo era niño, pero jamás dormí en esa recámara. Siempre optaba por dormir en el suelo de la recámara de Carlos, que ahora tenía otro uso, o en uno de los sillones de la sala sobre unas colchas, sábanas y almohadas que repartíamos entre los que estaban, ya que las noches habían avanzado bastante y el cansancio por fin nos había alcanzado a todos.

A veces estaban ahí unos primos de Carlos y Liliana que coincidieron conmigo. Entre todos nos divertimos mucho y siempre evitábamos que alguien se durmiera antes que todos los demás. Si alguien intentaba dormir a la medianoche o a la una, todos los demás le hacían bola o le quitaban las almohadas para que no pudiera dormir. En un caso extremo le echaban azúcar justo donde pensaba dormir, siempre en buena onda, pero provocando tal enojo que seguramente acabara con el sueño. Ya para las tres o las cuatro de la mañana empezaban a rendirse todos y entonces sí era posible dormir.

Descargué todas mis cosas en el suelo de la recámara. Colgué toda mi ropa formal dentro del armario y conseguí un lugar para mis zapatos y mis chanclas, dejando lo demás revuelto en la maleta.

De repente me atraía la cama, pero no podía descartar la oportunidad de echar una mirada a los libros.

Había de todo. Libros escolares de primer año, aritmética, historia, cuentos. Libros de texto universitarios, cálculo, física, literatura. Libros de viaje. Libros de poesía. Y novelas. Muchas, muchas novelas. Novelas clásicas, novelas modernas y relatos. Mis pupilas se dilataron ante las estanterías, eran un amplio tesoro literario.

Tomé un libro de tapa dura y me lo llevé a una de las camas. El libro pesaba mucho. Me hundí más y más en la cama y no tardé en perderme entre las páginas y los sonidos de la calle que se desarrollaron sin prisa.

Sin saber cuánto tiempo llevaba acostado, empecé a escuchar los ecos de un martillo contra una lámina. Desaparecieron, solamente para volver otra vez.

Toc, toc.

Había otra pausa que se demoró un poco. Y luego los escuché más cerca que antes.

Toc, toc.

—Sí, adelante

—Te están esperando. Ve al primer piso

—Gracias. Ya voy

Me levanté y me puse las chanclas.

Salí del cuarto y cerré la puerta. No vi a nadie. Fui hasta el fondo del pasillo, pasando todas las otras puertas y los marcos y los años de recuerdos.

Las escaleras estaban totalmente oscuras. Empecé a bajar con máximo cuidado, fijándome muy bien con una mano en el barandal y la otra contra la pared. Los escalones eran duros, resbalosos y empinados.

Conté 15 escalones hasta que llegué al piso más bajo, que todavía no era el primer piso. Me adelanté con mucho cuidado y esmero, hasta que reparé en la siguiente bajada. Ahí empecé de nuevo a contar muy lento todos los pasos en la tiniebla.

Iba entre siete y ocho cuando sentí la presencia de alguien que estaba subiendo de frente a mí.

—Tú cabes aquí —me dijo, sin dejar de subir.

—Perdón, es que no veo nada

Solté el barandal y me hice a un lado para dejarlo pasar. Sentí su brazo rozar contra el mío. Era pesado y tenía una chamarra puesta.

—Tú cabes aquí

Empecé a perder el equilibrio hasta que por fin pasó y volví a encontrar el barandal en la oscuridad.

Toc, toc.

—Perdón, ¿de dónde viene ese ruido?

—Tú cabes

Toc, toc.

—¿Quién me está esperando?

La niña abrió la puerta y entró, prendiendo la luz de la recámara.

Abrí los ojos, aunque seguía apartado de la realidad. Tardé un poco en descifrar todo y entender dónde me encontraba. Allí estaban las estanterías y mi maleta. Un poco más allá estaban la niña y un xoloitzcuintle de peluche. Ambos se quedaron mirándome por un rato en silencio.

Jugando

—¿Te gusta jugar? —me interrogó, intentando conocerme— ¿Te gusta jugar?

—Sí, sí me gusta jugar

—¿Quieres jugar? —me preguntó, mirándome a los ojos.

Tuve que sonreír. Pero me incorporé y le contesté.

—Sí, sí quiero jugar

—¿Quieres jugar al escondite con mis peluches? Tengo once peluches

—Creo que tu mamá está dormida —le dije en voz quedita— y no la queremos despertar. ¿Hay otra cosa que te guste jugar?

Se puso a pensar.

—¿Quieres jugar damas chinas?

—Sí. Me encantan las damas chinas. Vamos a jugar

Salió corriendo y pronto regresó con el tablero. Ya me sentí más despierto.

Tenía que hablarle a Ceci, aunque no sabía qué le iba a decir. Igual tenía que dar la noticia de que iba a faltar a la conferencia. Pero no era el momento para eso.

Sofía y yo colocamos las canicas en esquinas opuestas y empezamos. Su apertura era automática. Avanzó, saltó y avanzó. Su formación le permitía hacer un triple salto y extender una de sus fichas hasta la mitad de la estrella; mientras yo extendí toda la primera fila, intentando un avance más unido.

—¿Cómo se llama tu peluche? —le pregunté.

—Xolo —me constató con certeza y orgullo—. También tengo una cerdita

No tardó en extenderse dentro de mi lado de la estrella.

—Y ella, ¿cómo se llama?

—Aurorita

—Qué bonito nombre, yo conozco a alguien que se llama Aurora. Quizás le dicen Aurorita a ella también

La niña sonrió.

Jugar con Sofía me dio espacio para percibir los sonidos del entorno que aportaron algo del pasado, a la vez que me ubicaron en el presente con la familia de Carlos.

Un abanico que giraba al fondo. Las nuevas voces y los ladridos que se oían desde fuera. Un organillo y una fuente. Los gritos aleatorios de un vendedor ambulante. El movimiento de las bicis y los coches, los cláxones y las campanas que fueron amortiguadas por las paredes.

Eran sonidos diversos, que al unísono parecían regir un tiempo distinto a los días apurados que vivía en San Francisco.

Sofía ingresó en mi estrella y empezó a acomodar todas sus canicas al fondo.

—Sofía, ¿cómo le haces para saltar tantas veces?

—Le hago así y así y así —me mostró mientras hacía su siguiente jugada.

—¡Pues yo me estoy quedando atrás!

Se rio. Con la niña pude pasar la tarde jugando tranquilo, contemplando cómo iba a salir de la tormenta que me rodeaba, mientras Liliana dormía.

Pin, pon, pin, pin, pon. Y la niña me ganó.

Noche de visitas

Aquella noche la señora Alemán preparó un guisado de res. Lo hizo en una enorme cazuela de barro a fuego lento sobre una estufa de gas. Sus cualidades aromáticas llenaron la casa con la esperanza de que algo muy reconfortante nos esperaba para la hora de la cena.

Mientras ella iba en las últimas preparaciones llegaron sus hermanas Tere y Yolanda. Eran las tías de Liliana y Carlos que reconocí de la foto, y algo más lento de memoria. Ambas llegaron cargadas de bolsas que dejaron sobre la mesa para llegar con Liliana y la señora Alemán.

Hubo muchos abrazos, lágrimas, condolencias y agradecimientos. Sobre todo, había mucho amor.

Sacaron una vela y la encendieron sobre una mesilla al lado del comedor.

Después empezaron a sacar varios recipientes de las bolsas, colocándolos con cuidado sobre la mesa. Trajeron empanadas, caldo de pollo, frijoles, arroz, aguacates, chiles, jugos y pastel. De repente, había bastante comida y aún faltaba el guisado.

De allí, no tardaron en calentar las primeras tortillas en el comal para la niña, cuya presencia era una enorme razón de ser para todos. Cocinar, compartir y convivir se habían convertido en labores de amor que sanaban las heridas y las angustias.

La mesa era muy grande y las personas empezaron a acomodarse para entrarle a la cena. A la niña le sirvieron guisado, aguacate y frijoles. Liliana se sentó a su lado, sirviéndose un poco de caldo y arroz. Tere, Yolanda y yo nos servimos un poco de todo, pero esperamos hasta que la señora Alemán llegara a la mesa para empezar.

—Ya empiecen —nos dijo, percatándose de que la estuvimos esperando.

—No hay ninguna prisa, dime con qué te ayudo María —respondió su hermana Tere.

Yo tampoco me sentía a gusto empezando sin ella.

—A ver, ¿a quién le falta tortilla? ¿Daniel?

—Yo estoy bien, gracias. ¿Te puedo ayudar con algo?

—María, ya no faltan tortillas, hay muchas acá. Ven y siéntate

—Bueno —dijo la señora Alemán, dejando el comal sobre la estufa—, pero me dicen si quieren más

Se sirvió una empanada con caldo, sentándose con nosotros. Yo solo quería apoyarlas lo mejor que pudiera y dejé que ellas dirigieran la conversación.

Hablamos sobre muchos temas sin hundirnos en lo más pesado. La niña iba a comenzar el kínder en unos días y nos pudimos aferrar a eso para pasar el tiempo y mantenernos por encima de la inmensa gravedad que nos esperaba en cada rincón y que nos atraía a la ausencia de Carlos.

—A ver, dime Sofía, ¿tú vas a entrar al kínder? —le preguntó Yolanda.

La niña nos miró a todos y notó que le tocaba responder.

—Sí

—Qué bueno. ¿Y ya estás lista para empezar?

Sonrío sin comprometerse a una respuesta.

—Es que está un poco nerviosa —dijo Liliana.

—Ah, si no tienes por qué estar nerviosa. Te van a enseñar muchas cosas y vas a conocer a muchas niñas de tu edad para jugar

—Es lo que le digo, que le va a gustar mucho...

—¿Sabes que a mis amigas que yo conocí en el kínder todavía las veo? Ellas han sido mis mejores amigas de toda la vida

—También tenemos que ir de compras. Hay que conseguirle una mochila, una lonchera, ¿y qué más? —Liliana le preguntó a la niña.

—Un peluche —dijo con una sonrisa que logró alentar la mesa de inmediato.

—¿Un peluche? —preguntó Tere, siguiendo su ritmo— ¿Cuántos peluches tienes ahora? ¿Cuatro o cinco?

—Once —declaró la niña.

—¿A poco tienes once? Ya son muchos, ¿no?

—¡No!

—¡Bueno, pues parece que pronto van a ser doce!

La niña le susurró algo a su mamá y se quedó callada.

—Es que no encuentra uno de sus peluches —explicó Liliana—. Siempre jugaba a esconder los peluches con su tío Carlos, pero hay uno que nunca volvieron a encontrar

—¿Y cuál peluche se perdió? —preguntó Tere.

—La patita amarilla —contestó directamente la niña.

—¡La patita amarilla! —exclamó Tere—. No puede ser. Aunque yo creo que cualquier día vuelve a aparecer

La niña sonrió.

Entonces llegaron más personas. Un primo de Liliana y Carlos con sus dos niños. Una amiga de la señora Alemán.

Todos extendieron sus condolencias y empezaron a circular entre la cocina, la mesa y la sala. La cena que había empezado formal de repente se convirtió en algo espontáneo y aleatorio.

Yo terminé pronto y me levanté para desocupar la silla para alguien más, saludando a todas las personas recién llegadas.

Algunos comieron. El primo se sirvió un tequila y se puso a hablar sobre los detalles de su trabajo. Igual se veía molesto por las súplicas de sus niños.

—No me gustan

—¿Cómo que no te gustan?

—Pican mucho

—No, no pican. Es que tienen cebolla… ¿Quieres una tortilla?

—Están quemadas

—Deja, yo le caliento a mijo otra tortilla

—No le hagas caso, la tortilla está crujiente, como debe de ser

—Mira qué bien se está portando tu primita Sofía. Ven, cómete esto

—No quiero… Tengo que hacer pipí

—Bueno, ve al baño. Llévate a tu hermanito contigo

—No quiero…

Llegaron otros familiares que trajeron flores.

—Hola, qué bueno que llegaron

—Ay, querida María, ven para acá…

—¿Cómo está la niña?

—Lo siento mucho…

—Trajimos una vela…

—Que en paz descanse, nuestro Carlos…

—Qué bonita foto…

—¿Con qué te ayudo?

—Siéntense a comer…

Llegó Tacho, un primo de Liliana y Carlos que conocí hace mucho tiempo. Fui el primero en saludarlo, antes de que llegara con los demás.

—Hola, Tacho, qué bueno que llegaste. Pásale, mijo

—¿Manejaste desde Monterrey?

—No, me vine en camión

—Ven, siéntate a comer

—Sí, gracias. ¿Cómo están Liliana y la niña?

—Sofía está bien, ya va a entrar al kínder

—¿Y Liliana?

—Pues, difícil. Cansada y triste… Ella estuvo en el hospital cuando falleció Carlos

—¿Cuándo es el funeral?

—El viernes

— Lo siento mucho…

Yo escuché las palabras desde donde estaba. Esa última pregunta y respuesta que escuché al fondo eran sencillas, se hicieron sin prejuicio. Hasta entonces no había pensado en el detalle del funeral. De repente empecé a hacer cálculos para planificar cómo iba a llegar esa noche al vuelo, que sería el último que arribaría a Londres justo a tiempo para la boda.

Llegó otro amigo de la familia.

—Hola, ¿cómo están?

—Pues tú sabes acá, verdad. ¿Ustedes?

—Bien. Me la paso en el taller

—¿Y te ha ido bien?

—Sí, ahí la llevamos

—¿Cómo está tu mamá?

—Está bien, gracias. Quisiera estar aquí, pero no puede andar así tan fácil. Todo se le complica con la pierna

—La pobre no tiene que salir, otro día yo voy a verla

—Gracias

De repente me sentí inundado entre todas las nuevas personas y la tristeza que volvió a apoderarse de mí. Me fui a sentar en la sala donde había menos gente, perdiéndome de nuevo en la geometría y el rincón.

Me quede allí un rato, en silencio, siempre al borde de irrumpir en lágrimas. Lo de Carlos era compartido, pero lo de Ceci era solamente mío. Y no podía hablar de ella.

Por fin me rendí al cansancio y me retiré a la recámara para dormir. Era medianoche. No era tiempo para hablarle a Ceci, hubieran sido las seis de la mañana en Londres y ella estaría dormida.

Pero había algo más. Dentro de la angustia y la incertidumbre que me rodearon, me sentí arrullado por la cama y la colcha, por la rana de peluche que encontré en la recámara y por las voces que seguían hablando al fondo de la casa. Todos esos sentimientos eran de amor. No tardé en dormirme.

Día de pendientes

Me levanté temprano. Mi reloj estaba entre California y Londres, consciente de ambos días longitudinales. Si pudiera alejar la vista desde donde estaba hasta llegar al espacio, hubiera visto que el sol iluminaba una amplia superficie de la tierra que vinculaba la tarde británica, donde las sombras se alargaban hacia el Oriente, con el amanecer en el Océano Pacífico, donde las sirenas de la niebla hacían eco en el norte de San Francisco, como una poesía matutina.

Toda la familia Alemán seguía dormida. Vi que Tacho se había quedado dormido en la otra cama, su maleta yacía en el suelo semiabierta, sus zapatos al lado de la cama. Parecía estar en un sueño profundo.

El silencio de la casa era algo misterioso y precioso, daba una impresión espiritual que se vinculaba a la geometría y los rincones, donde la luz y el aire conseguían reposo.

Tenía mucho por hacer. Cerré la puerta de la recámara, salí de la casa sin provocar ningún ruido y empecé a caminar. Ya había mucho movimiento afuera. Me dirigí hacia el bosque de Chapultepec, pensando en lo que le iba a decir a Ceci, consciente de la conferencia.

Ceci era más importante, pero hablarle al director se me hizo más fácil, así que empecé por ahí para quitarme de aquel pendiente.

Entrando al bosque encontré más espacio y el ruido ambiental propiciaba un buen lugar para hablarle. Le conté lo que había pasado y le dije que no iba a poder llegar a la conferencia mañana.

Al decir «mañana», el tiempo-espacio se sentía muy irreal. Me sentí arrancado del camino que había previsto y planificado con tanto esmero y por tanto tiempo.

¿Qué estaba haciendo yo en Chapultepec? ¿Cómo cambiaron las cosas tan de pronto?

Quizás guardaba cierta consciencia del porqué de todo esto, pero entonces la lógica estaba apartada de mis sentimientos.

Empezamos mal.

—¿Qué me dices?

La noticia lo pescó desprevenido, como su reacción a mí.

—Hola, buenos días… ¿Cómo estás? Espero que hayas estado bien —le dije muy lento en voz condescendiente, mostrándole cómo saludar a una persona.

Le valió.

—Pero la conferencia es mañana. ¿Ya estás listo?

Volví a decirle.

—Falleció mi amigo y mi hermana se va a casar este fin de semana. Hice todo lo que pude, pero no voy a poder llegar a la conferencia

—¿No me pudiste decir antes? No puedo hacer nada ahora con esto —contestó, como si yo tuviera la culpa por haberle dado esta novedad.

Guardé silencio. No se lo iba a repetir otra vez. Ahora él tenía la obligación de romper el silencio y responder. Mi respiración cambió junto con la nueva emoción que empezó a formarse en grande.

—Mira, es que va a llegar mucha gente y... —su voz era frustrada, como que no era capaz de entender que había una perspectiva ajena a la suya—. No sé qué quieres que haga

Le quería dar otra lección de vida, que no merecía ser director si no sabía cómo recibir noticias de su equipo y responder adecuadamente, teniendo un proceso para cambiar la programación, tomando en cuenta que hay cosas que pasan, que así es la vida.

Pero no tenía la energía para hacerlo. Simplemente guardé silencio.

—¿Hola? ¿Allí estás? Daniel, no te escucho

Colgué sin volver a hablar.

Le hubiera querido pedir el favor de pasar la noticia a mis colegas, para informarles que no iba a llegar. Pero ya no quería tener nada que ver con él. ¿Qué no entendía?

Subí al castillo donde podía ver la ciudad y los árboles del bosque, que eran sus pulmones. La arteria que iba al fondo y las colonias cercanas se desvanecían pronto en la pesada cobija de esmog, que tapaba todo como un gris infinito.

Me quedé un rato, desprendiendo despacito toda esa energía que sentía, caminando sin destino y recobrando la claridad que necesitaba para hablarle a Ceci.

Pensé en mi hermana. Desde que ella conoció a Aurora y se enamoraron han sido tan contentas y felices, sus anhelos y aspiraciones en la cima, todas sus vidas por delante.

Me había pedido llegar a Londres muchos días antes de la boda para compartir más tiempo con ella y Aurora; para que yo pudiera ser parte de las preparaciones y sentir toda la emoción y el entusiasmo del porvenir. Pero opté por la conferencia.

Me di cuenta de la forma en que había despreciado a mi hermana. Rechacé su invitación y la oportunidad de compartir ese tiempo especial con ellas. Me cegué ante todo aquello. De por sí solamente hubiera llegado el día de la boda para volver a despedirme de ellas el próximo día, ya que se irían a su luna de miel.

¿Cómo pensé que llegar y regresar así de ese modo sería adecuado? ¿En qué planeta? Para volver a casa. Para regresar al trabajo. ¿Y para qué? A pesar de eso, ella se había acoplado y estaba tan animada de verme. Así de grande era su generosidad.

Me odiaba por todo esto. Intenté hacerlo todo y perdí.

Hubiera sido mejor declinar la conferencia y pasar toda la semana en Londres con ellas. Sentí un coraje enorme como una serpiente circulando entre mis brazos y mis venas. Quería empezar de nuevo y hacer todas las cosas diferentes. ¿Pero de qué me iba a servir todo eso? Ya no había otra opción.

Subí y encontré unos azulejos en blanco y negro que se extendían como un tablero de ajedrez al lado del castillo, donde pasé un rato caminando de acá para allá, de un lado al otro. Tuve que apaciguar toda esa emoción y entender, tarde o temprano, que esa decisión se tomó hace tiempo, eso ya pasó. Igual me hubiera alcanzado la noticia de Liliana estando en Londres. ¿Qué hubiera hecho entonces?

Bajé del castillo y me puse en marcha hacia el otro lado del bosque.

Ahora era más relevante decidir: ¿Qué le iba a decir a Ceci?

Había un vuelo que salía de México el viernes por la noche y que llegaría a Londres el sábado en la tarde, sin escala. Todavía había tiempo para llegar, aunque también recibí cierta intuición de que ya sabía el destino y que podía ver con nitidez a través de esa espesa cobertura de neblina.

Reunión

La alarma me despertó. Eran las 11. En los sueños el tiempo transcurre diferente...

Me sentí renovado por las muchas horas de reposo que me había brindado la cama, después del muy largo vuelo que había tomado la noche anterior para por fin llegar a Londres. Parecía que ese vuelo había despegado en una neblina y aterrizado en otra, pero no sin disminuir la adrenalina de aterrizar en Jolly Good London y volver a esta magnífica ciudad.

Fui a buscar pan y café, dejándome ajustar al reloj británico mientras miraba toda la gente en el entorno. Todos los movimientos de los coches y los colectivos parecían coordinados, como si vinieran de un solo andamio que regía todo. Pronto me acostumbré a cruzar las calles, siempre mirando en ambas direcciones, para evitar la confusión del cambio y de todas las calles de sentido único.

Zigzagueé entre unas calles menores hasta llegar a Bayswater Road y luego me metí a Hyde Park. Caminé por un rato disfrutando la energía del ambiente, pasando por la fuente dedicada a la princesa Diana. La neblina fue perforada por un arcoíris que descendió del cielo hacia un lago, donde los gansos se bañaban. Las nubes empezaron a apartarse poco a poco, permitiendo más luz azul. Para entonces, el sol indicaba que era la tarde.

Me fui a sentar en un banco enseguida de mi abuelo. Había fallecido hace algunos años, pero en ese momento no lo recordé de esa forma. Había otras personas sentadas en otros bancos no tan lejanos del nuestro, sumergidas en sus propias conversaciones. El aire era muy fresco y agradable, con tintes de otoño. Mi abuelo se veía radiante y muy joven, como si tuviera la misma edad de cuando yo apenas era un niño. Al vernos, compartimos sonrisas y la misma enorme alegría que no necesitaba de palabras. Allí pudimos sentarnos un rato, frente al lago en Hyde Park, sin prisa.

—¿Y cómo está Cecilia? —me preguntó.

—¡Ceci está rebién! —le contesté con orgullo y entusiasmo—. Ella se va a casar y la vamos a celebrar... ¡Pronto estaré en su boda!

—Yo también —me dijo con calma y una enorme sonrisa.

—¡Qué bueno! ¡Deberíamos sentarnos juntos!

Entonces, mi abuelo me dio el mejor regalo que existía en todo el mundo: escucharme, mientras le contaba todo sobre Ceci y Aurora como si fueran novedades porque, al mismo tiempo, daba la impresión de ya saberlo todo. Y así la pasamos. Los tiempos de plática estaban intercalados con tiempos de silencio y de agradecimiento. Encontré enorme consuelo en su presencia.

Llegaron otros gansos y empezaron a meterse al agua, uno por uno...

—¿Ahora qué vas a hacer? —me preguntó después de un rato.

—No sé. Voy a ver a Ceci, pero su vuelo todavía no ha llegado. También quiero ver el mundial. ¡Mañana juega México!

—Eso...

—¡Sí! A ver si lo veo en un pub, ese que está detrás de la plaza peatonal de Leicester Square. Ahí pasan todos los partidos

Me miró con calma y sabiduría.

—Ese ya no está. Lo cerraron hace unos años

Nos miramos y compartimos una risa.

—Ja, ja... no sabía

—Hay muchos más... fácil encuentras otro

Volteé hacia el Poniente. Había un césped muy bien cuidado y un palacio al fondo y el sol ya iba en descenso. De repente, sentí que no iba a llegar a tiempo.

—Abuelo, perdón, ya me tengo que ir a la estación del tren que está al otro lado del parque. Mis colegas me han de estar esperando en la oficina y necesito llegar con ellos. Pero qué bonito verte aquí. A ver si nos reunimos más tarde. O si quieres, vamos a cenar a un restaurante cercano.

Volteé hacia mi abuelo para despedirme de él y darle un abrazo. Pero ya se había ido.

Hermano

Por fin le hablé a Ceci.

—¡Daniel! —evidentemente había estado esperando mi llamada— ¿Cómo llegaste? ¿Cómo estás? ¿Cómo está Carlos?

No podía saber o predecir lo que tenía que hacer. Simplemente, empecé a contarle lo que había pasado.

—Hola, Ceci, mira, no sé cómo es mejor decírtelo. Es que Carlos falleció hace dos noches. No llegué a tiempo para verlo

Hubo un rato de silencio.

—He estado con Liliana y con toda la familia Alemán. Con su mamá y con su sobrina. Están muy tristes

Hubo más silencio. Pensé que el golpe de la noticia la había pescado desprevenida, pero no sabía de qué otra forma decirle. Entonces me sorprendió y me preguntó sobre mi estado.

—¿Y cómo estas tú, Daniel?

No podía abrirme ante la familia de Carlos, ellas estaban al centro de la pérdida. Yo tenía que reprimir mis emociones y mantenerme fuerte para apoyarlas mejor.

Pero ahora Ceci me dio ese espacio que necesitaba tanto, sin saberlo, espacio para hundirme en lo de Carlos. Y es cuando me pegó por completo. Mi mejor amigo de la niñez había fallecido. Y luego se vinieron todas las nuevas lágrimas. Estas eran distintas a las anteriores, que eran una combinación de mucho. Estas eran las de

Carlos. Me abrí por completo ante Ceci. Me escuchó y me dio consuelo, apoyándome lo mejor que pudo desde lejos.

—Lo siento mucho, Daniel. Cómo quisiera quitarte ese dolor —me dijo con una sabiduría y sinceridad que me tocaron al fondo, que superaban todo lo que pudiera haber esperado en tal circunstancia.

Allí en el bosque, apartado de los senderos donde podía recobrar espacio y sosiego, ahí sentí la enorme presencia y el amor de Ceci. Las circunstancias no podían romper nuestros lazos, sino que parecían hacerlos más fuertes. Y ella sabía que yo la quería hasta el fin del mundo, que era lo máximo y la mejor hermana para mí que me pudiera haber dado la vida. Su voz, su amor, su abrazo a distancia y las lágrimas me llevaron a una catarsis. Y para mi sorpresa me sentí mucho mejor que antes.

—Te extraño tanto, hermana. Necesito cuidar a la familia Alemán, que me necesitan. Pero siempre estoy contigo a pesar de la distancia. Siempre estoy pensando en ti y Aurora

Sin darme cuenta, era una forma de decirle que no iba a llegar, sin decirle.

No entramos en detalles de lo que iba a hacer o no hacer. Solamente que iba a regresar a la casa de la familia Alemán para estar con ellas y que le hablaría en cuanto pudiera. De seguro ella había concluido que no iba a llegar, pero yo no quería cortar la posibilidad de llegar al último avión que saldría el viernes.

Sucede que me perdí en el Bosque de Chapultepec. Las aves me rodearon como una enorme esfera y empecé a vagar como una pequeña hormiga dentro del inmenso bosque.

—Disculpe. Buenas tardes. ¿Sabe cómo puedo llegar a Paseo de la Reforma?

—¿Reforma? Está muy lejos... Necesitas regresar a la calzada que atraviesa el parque y tomarla hacia el norte, allá está Reforma

—¿Cómo se llama la calzada?

—No sé, pero tú dale para allá, para allá, para allá, todo derecho. Quédate en los senderos peatonales. Tal vez en una media hora ya debes estar llegando

—Gracias

Caminé por un rato, como me dijeron. Por fin encontré una calle que según yo me llevaría de regreso a la ciudad. Creí que me había orientado bien y ya casi estaba a punto de salir del bosque cuando escuché a alguien gritando...

—Salte de allí, andas mal...

Pensé que se lo estaban diciendo a otro...

—¡Salte de allí, te van a atropellar!

No había tiempo. Escuche el súbito frenazo total de un auto y un camión que venía detrás se desvió, entrando al carril que venía en contra. Me pitaron sin cesar y me gritaron de nuevo.

—¡Idiota, casi te mandan a la chingada...!

Algunos transeúntes me dirigieron a un sitio seguro para peatones. El auto y el camión se acomodaron y continuaron adelante, ambos furiosos, mientras que unas personas me ayudaron a calmarme. Mi corazón latía tan fuerte que sentí que iba a explotar.

—¿Qué estabas haciendo allá?

—No sé, estoy perdido. Estoy buscando Paseo de la Reforma

—Toma ese camino de allá, ese te lleva de regreso a la ciudad. No te vayas por la otra calle que es muy peligrosa

—Muchas gracias —les dije—. Agradezco mucho que me hayan ayudado

Por fin llegué a la colonia de la familia Alemán e iba en las últimas cuadras que me quedaban para llegar a la casa de piedra verde. Volví a sentir que se me acababa el tiempo, que el reloj iba en mi contra. Entre mi conversación con Ceci y el susto en el bosque, mi corazón aún latiendo frenético y desgastado, solamente quería llegar y estar con ellas.

Ceci y Aurora

Había una linda música que daba la bienvenida a todos los invitados en el patio, rodeado por las más bellas flores y donde unos niños esparcían pétalos de rosas en un sendero de piedras que daba hacia la fuente. Era una hora antes del atardecer, un día radiante; el viento soplaba lento y suave acariciando las flores, los caballos, los cabellos, los vestidos, levantando algunos de los pétalos con gentileza y dejándolos deslizarse al azar de una brisa.

Sentí la presencia de mi abuelo. Sabía que estaba cerca, aunque no lo veía. Le gusta acompañarme en mis sueños.

Y por fin las vi a ellas —a Ceci y Aurora—, se veían tan felices y tan bellas; sonreían y gozaban de una felicidad plena. Se animaron tanto ante los aplausos y las sonrisas que les daban sin cesar. Todo era muy movido y muy bello.

Todos los invitados a la reunión estaban tan felices por verlas ahí, a punto de abrirse y expresarse libremente ante todos, ambas listas para tomar el compromiso y entrar en matrimonio.

Ceci y Aurora se tomaron el tiempo para agradecernos a todos. Llevaron todo con calma, no había ninguna prisa. Ceci aportaba una sonrisa que pocas veces he logrado ver; siempre era una persona muy feliz, pero ahora lucía y brillaba como jamás la había visto antes.

Me miró y nos sonreímos, sosteniendo entre nosotros una mirada fija y tierna por unos segundos hasta que sus ojos volvieron a pasarse entre los demás. Todos los invitados las querían mucho y les deseaban lo mejor en su nueva vida, la cual estaba a punto de comenzar.

Después del matrimonio oficial había una ceremonia. El atardecer reveló las bellas luces del crepúsculo y las primeras estrellas no tardaron en hacerse visibles.

La fiesta comenzó con aperitivos y bebidas, mientras el DJ nos entretenía con un cóctel de jazz y samba y la fotógrafa estaba muy activa con las fotos formales. Primero eran fotos de Ceci y Aurora, después vinieron las de familia. Me retrataron a mí con las dos y luego Ceci pidió que la fotógrafa sacara una foto especial de hermanos, solo ella y yo. Después seguían más fotos con la familia de Aurora, que era muy grande, y por fin con todos los amigos.

Empecé a deambular en el hermoso sitio cuando una pareja me encontró.

—¡Daniel! No puede ser… Somos Lucía y Kibo

Los reconocí de inmediato de unas fotos que me había enseñado Ceci hace tiempo.

—¡Hola! Qué gusto verlos, ¡por fin nos conocemos!

Lucía me abrazó fuertemente y luego Kibo hizo lo mismo.

—¿Cuándo llegaron? —les pregunté.

—Llegamos el martes. Hemos estado turisteando en Londres y celebrando con tu hermana

—¿Ya conocieron a Aurora?

—No, esta semana ha estado ocupada con su familia. Pero mírala, allá está. Qué radiantes se ven las dos

—Sí, ¡se ven muy felices juntas!

—Oye, ¿y tú Daniel? —comentaba Lucía—. Tu hermana nos ha contado tanto de ti. Nos dice que eres un economista muy distinguido...

—Ja, ja... Es que mi hermana siempre habla muy bien de mí, ¡pero eso de distinguido no estoy tan seguro!

—Lo más importante para ella fue que pudiste venir... —me dijo Kibo en voz sonora—. Pero Daniel, ¿cuándo llegaste a Londres?

—Acabo de llegar hoy —le dije, sin vergüenza.

Apenas contesté cuando la plataforma de baile giró y nueve mariachis entraron haciendo una fila; establecieron su presencia de inmediato tomando posición y abriendo con canciones alentadoras que sacaron a muchos a bailar y cantar. ¡No lo podía creer!

—No esperaba ver mariachis acá en Reino Unido —les decía a Lucía y Kibo—, míralos, ¡qué bien!

—Creo que los mariachis fueron una sorpresa, ¡Ceci y Aurora tampoco los esperaban!

—¿Pero de quién? ¿Quién se encargó de esta maravillosa sorpresa? ¡Mira nomás! ¿De dónde salieron los mariachis?

—No sabemos, parece que es un misterio

—¡Qué emoción!

Mi celular sonó. Extraño. Era Alex de San Francisco.

—Discúlpenme, necesito tomar esta llamada. Ahorita los alcanzo, no se me vayan

Me alejé de ellos y conseguí un sitio más apartado donde pudiera hablar.

—Hola, campeón

—¡Alex! ¿Cómo estás, camarada?

—Bien. Mira, perdón por la molestia, pero… —entró directo con la urgencia que aplicaba— debes saber que el director está furioso contigo… Yo le dije que estabas fuera por razones personales, pero pareció no entender. Ahorita te está buscando

—Gracias, Alex, pero tampoco entiendo. ¿Por qué está enojado conmigo? Estoy en Londres. ¡Estoy en la boda de Ceci y Aurora!

Ya no lo escuché.

Después de un rato, entró una nueva voz que no era amistosa. Era el director.

—Daniel, ¿dónde estás? Ya llegaron los distinguidos profesores de Harvard y todos te estamos esperando

Se oía muy impaciente.

—Yo pensé que llegarían de Yale y Princeton

—No me jodas. ¿Dónde estás?

—¿Cómo que dónde estoy? Estoy en Londres para la bo…

—¿Londres? —me cortó agresivamente— La conferencia es ahora. Necesitas presentarte ahora mismo

—Estoy en Londres en la boda de mi hermana Ce…

—¿Estás en la boda de quién? —me cortó de nuevo— ¿Y quién va a arreglar todo este desmadre que nos dejaste acá? —me gritó.

—Pero yo soy persona de respeto... —ya me había colgado— ¡Pinche cabrón, ya no cuentas conmigo!

Los ecos y mi furia solo encontraron silencio.

Transcurrió un tiempo indefinido, hasta que por fin algo me despertó de ese ensueño rabioso. De repente me sentí perdido, como me había pasado en el bosque.

—¿Lucía? ¿Kibo? —empecé a buscarlos cuando me entró un ataque de pánico— ¿Dónde están?

Regresé a la ceremonia, pero ya no veía a las personas que antes estaban ahí. Busqué a Lucía y Kibo con urgencia, pero no los vi. Busqué a mi abuelo.

Ya no había música. Los mariachis ya se habían ido. La noche y una llovizna empezaron a caer junto con algunas aves nocturnas que rodeaban el lugar.

Solamente quería regresar al lado de Ceci y Aurora, pero no las vi por ningún lado.

Unas cuantas personas quedaban, el servicio, un músico que guardaba su instrumento, una pareja que no conocía. Los ayudantes y meseros retiraron los últimos cubiertos, dejando escasa huella de la fiesta que había tenido lugar ahí.

A Ceci y Aurora ya no las vi.

Cerrando puertas

Llegó ese viernes despiadado.

El incesante discurrir del tiempo por fin me entregó la fecha que había sido la meta por tantos días, aunque su forma fue totalmente distinta a lo que había previsto. Ya no quería nada con ese día.

Tocaba el funeral de Carlos. Sabía que iba a ser un día muy largo, pero no estaba seguro de qué esperar.

Todos mis pensamientos fueron divididos entre los reales y los ilusorios, que casi no podía distinguir. Pensé en mi abuelo y el vacío de no haber estado en su funeral; pensé en todos los robots que me rodeaban aquel día de la noticia. Pensé en el vuelo y la necesidad de llegar. A México. A Londres. A donde me tocaba ir.

Todavía quedaba, en teoría, dentro de mi alcance llegar con Ceci y Aurora, aunque ya había perdido cualquier sentido de autonomía, de libre albedrío, de mi propia voluntad. No fue por querer, sino por necesidad, que mi subconsciente me entregó por completo al azar de las fuerzas exteriores que me jalaban y me empujaban entre el pasado y el porvenir.

Las voces, las acciones, los llamados repentinos de la niña, todos los sonidos del entorno me despertaron de los ensueños que me atormentaban. Traté de mantener el enfoque y llevarlo con calma. Pero era en vano.

Me aguanté todas las horas de certidumbre y de incertidumbre, esperando, mirando el reloj, atendiendo los detalles minúsculos dentro de la casa, ordenando la recámara, lavando platos, planchando mis vestimentas, inventando quehaceres, tratando de ayudar donde podía. Mis pensamientos eran incoherentes y no lineales. Empezaba a hacer algo nuevo sin terminar lo que ya estaba haciendo. Me sentí como una enorme masa gelatinosa que se deslizaba bajo la gravedad de un precipicio rocoso y empinado, sin voluntad y sin remedio.

Esa tarde, Liliana me pidió que le ayudara con unos mandados en el vecindario. Era un alivio físico y mental salir con la tarea de conseguir ciertas provisiones para la despensa y una medicina para la señora Alemán; esto me ayudó a pasar mejor el tiempo y anclarme en el presente.

Pensaba todo el tiempo: ¿Quién era yo para pedir ayuda? La familia Alemán estaba al centro de la pérdida. Yo tenía que mantenerme fuerte para ayudarlas mejor.

Por fin llegó la hora del servicio.

Iba vestido con la ropa formal que era para Londres. Ya había mucha gente cuando llegué. Tíos, primos y amigos de todos. Algunos que ya conocía y algunos nuevos. Todos me saludaron y me abrazaron como si fuera uno de los suyos.

Me di cuenta de que el funeral servía en cierto sentido como reunión entre muchas personas que no se habían visto en mucho tiempo. Había tanta fuerza y valor en la unión de todas las almas que ayudó a mantenernos a todos sobre tierra firme, a distancia del abismo que se sintió por todos lados.

Todo era muy respetuoso y solemne. El ataúd era de pino, rodeado de flores y abierto para quienes deseaban mirar. Me acerqué cuando hubo espacio y tiempo. Y, más que nada, fortaleza.

Reconocí el rostro de Carlos. Se aproximaba al rostro que había soñado mientras hojeaba el libro de poesía. Pero iba mucho más allá. Uno jamás está listo para mirar los restos de un querido y recibir aquella luz que porta su rostro; y ya que está hecho, no se puede deshacer.

Quería decirle adiós. El ataúd parecía abrirse para permitir ese diálogo, aunque en el fondo sabía que siempre podía hacer eso. Decirle adiós. Quizás era la forma en que me tuve que despedir de mi abuelo sin estar en su funeral. El tiempo siguió y yo aprendí a dialogar con él y llevarlo dentro de mi corazón. Ya no había aquella soledad terrestre, sino algo nuevo, un vínculo, una presencia que no existía antes, que me llevaba a mí en su corazón. Para mí, eso significaba siempre tenerlo adentro y llevarlo conmigo.

—Ese no es Carlos —escuché decir a uno de sus tíos—. Carlos ya no está aquí

Despacito me retiré del ataúd y me aparté del centro, regresando a las afueras del servicio.

Me sentí aplastado por el reloj y aturdido por el doble peso que llevaba. No pude desvanecer al clon que empezó a despedirse de la familia de Carlos para ir por su maleta, llegar al aeropuerto y tomar ese vuelo. Ya era ese momento.

Mañana llegaría a Londres en la tarde. Llegaría desvelado, con la ropa arrugada, con el sabor de ese pésimo pan duro y fruta aguada que servirían en el avión como "desayuno". Habríamos tenido la ventaja de los vientos de cola que solían soplar hacia el Oriente. El avión habría llegado 20 minutos temprano.

Impulsado por el nuevo sol y la energía que solía brindar la sala de recién llegados en Heathrow, donde se reúne gente de todos los continentes, solamente para volver a dispersarse al otro lado del control de pasaportes, saldría con un nuevo sello británico y tomaría un taxi carísimo para ir directamente al hotel que rodeaba el lugar de la boda. Vería el taxímetro incrementando la tarifa, sin querer, que pronto llegaría a decir 60... 70... 80 libras esterlinas, que entonces me valdría. No habría tiempo para tomar la larga serie de trenes y camiones indicados para llegar al sitio de la ceremonia.

Apartándonos del tráfico de Londres, entonces me daría cuenta por primera vez de que sí iba a llegar a tiempo, ¡que pronto estaría en la boda de Ceci y Aurora!

—Hola, Daniel, ¿cómo te ha ido? Ahora estás en San Francisco, ¿verdad?

Era José. Me dio una palmada de saludo y consuelo, cerrando el portal creado en mi mente que me había vinculado a mi clon, que ahora viajaba solo en un universo paralelo.

José era un amigo mutuo de la primaria.

—Hola, José, qué gusto verte —le di un abrazo.

Platicamos un poco. José era economista. Enseñaba y hacía investigaciones para la UNAM. Quizás otro día me hubiera gustado hablar más de todo eso, pero entonces no.

—¿Necesitas dónde quedarte? Tengo un sofá cama, internet, una tele...

—Muchas gracias, José. Por mientras me estoy quedando con la familia Alemán para ayudarlas

—Bueno, si necesitas algo me avisas

—Gracias

El peso del entorno nos impidió hablar mucho. Me dio su teléfono y quedamos en vernos en unos días.

Regresando al funeral sentí la doble soledad y el doble pésame de extrañar a Carlos y a Ceci. Era como el abandono de dos tristezas que iban apartándose a través de todos los segundos de angustia. No pude someterme por completo a ninguno de los dos, como necesitaba.

Cerraron el ataúd para el entierro.

Quince kilómetros al noreste del cementerio cerraron la puerta del último vuelo a Londres que pronto rodará hacia la pista y se desvanecerá en la noche lleno de pasajeros de negocios, de turistas, de gente regresando a casa, de gente tomando vacaciones, de personas visitando amigos y familiares, de todos.

No había ningún consuelo esa noche.

Así pasé todo el sábado, pensando en el tiempo-espacio. Ahora estaría en el avión, descendiendo hacia Londres. Ahora estaría en Heathrow. Ahora estaría en la ceremonia con ellas. Pero no había tiempo.

Sentí que tocaba fondo a la hora exacta de la boda. Me aferré a unos libros de poesía que encontré en la recámara donde dormía dedicando ese tiempo a Ceci y Aurora, dejando todas las emociones fluir a la corriente del azar.

—Saben que estoy allá con ustedes, compartiendo su día y deseándoles todo lo mejor en su gran fiesta y en su nueva vida

Acto III

¡Buen viaje!

Atravesé cien consciencias entre dormido y despierto, cien consciencias que carecen de nombre o clasificación científica hasta volver a sentir la cama, la cobija, la luz, el aire fresco y las ondas sonoras del entorno.

Abrí los ojos, quedándome acostado por un rato sin hacer mayor movimiento. Despacio escuché que Tacho seguía dormido en la otra cama, roncando suave y sin resistencia. Parecía que toda la casa todavía estaba durmiendo. Todos los otros sonidos eran de afuera. Eran los coches, las voces y los ladridos que entraban y salían del escenario.

La conferencia, el vuelo, el funeral y la boda ya pasaron. Ceci y Aurora ya se casaron. Pronto se irían a Grecia por una semana para su luna de miel.

Escuché las campanas, que eran los relojes del sitio, constatando la hora. Al principio llegaron las campanadas en sucesión rápida, oscilando entre dos tonos. Después cambiaron ritmo, llegando más lento y en un solo tono.

El tiempo que había sido un límite absoluto y que iba en mi contra, como un malvado reloj de arena, de repente ya no existía. Yo ya no tenía ninguna prisa de llegar a ningún lado. Ninguna fecha de entrega. Ninguna obligación. Tenía todo el tiempo y espacio que quería. Solamente quedaban los ecos vibrantes que se esfumaron muy despacio, difundiéndose en el todo.

Empecé a escuchar los movimientos de alguien que recién había despertado. Me levanté a recibir el sol que brindaba el nuevo día estirándome hacia el origen de los rayos que entraron por la ventana y que iluminaron una parte del suelo de madera. Me puse las chanclas y me deslicé de la recámara en silencio, cerrando la puerta para dejar dormir a Tacho.

Bajé al primer piso para ver quién más estaba despierto. Había unas velas que rodeaban una foto de Carlos en la sala. Más adentro, vi que los dos primitos de Sofía dormían tranquilos en los sofás. Sus cobijas recibían pacíficamente la luz intermitente de las velas encendidas, dando la impresión de haber pasado un tiempo así. Algunas velas ya se habían extinguido, como focos de Navidad que aún ocupaban su lugar sin brindar luz.

Entré a la cocina y vi a la señora Alemán preparando una olla de café.

—Buenos días

—Buenos días

—¿Gustas café?

—Sí, por favor

—¿Cómo dormiste?

—Bien, gracias. Parece que todos los demás siguen dormidos

—Sí. Yo siempre me levanto temprano, pero no hago ruido para dejar dormir a la niña

Me sirvió una taza, agregándole canela.

—Muchas gracias —le dije, dándole el primer trago—, está muy rico

Empezó a juntar cebolla, chile y jitomate.

—¿Te puedo ayudar en algo? Me gusta cocinar

Entonces se escucharon los primeros pasos del día de Sofía. Eran ligeros y rápidos. La señora y yo compartimos una leve sonrisa al escucharla.

—Bueno, sí, por favor, mientras yo voy a ayudarle a la niña. Hay huevos en el refri. Ya no han de tardar en despertar los chiquillos

Mientras ella subía fui al refri para ver qué encontraba.

Recordando que a los niños no les gustaba ni la cebolla ni lo picante me dediqué a hacerles unos huevos sencillos, revueltos con jamón y queso, sal y pimienta. Le eché aceite a un sartén y prendí el fuego. Después me puse a picar cebolla y chile, entre tragos de café, para hacer unos huevos a la mexicana.

—Buenos días —era Liliana—, parece que ya estás en acción

—Sí, acá andamos. ¿Cómo estás? ¿Dormiste?

—Más o menos. La niña no se durmió hasta muy noche, pero ya anda despierta, al cien. Ha de ser por sus primitos

Se fijó en el desayuno que yo había empezado.

—Qué rico se ve todo, ya se me antojó. ¿Con qué te ayudo?

—¿Hay una cuchara para menear los huevos?

Sacó las cucharas y me ayudó a revolver los huevos sencillos. Prendí el segundo fuego para los otros huevos, le eché aceite a un nuevo sartén y ya que se calentó eché la cebolla y el chile.

—¿Van a querer tortilla o pan? —le pregunté, cuando entró una llamada a mi celular.

Era Ceci.

Contesté tan pronto pude, mientras le señalé a Liliana que si se encargaba del segundo sartén, por favor.

—Hola, ¡somos Aurora y Ceci! ¡Queríamos saludarte! Y saber cómo están

—¡Hola!

Ya no había ninguna posibilidad de preservar el silencio en la casa para las personas dormidas.

—¿Cómo están? Wow, no esperaba esto. Muchas felicidades a las dos. He estado pensando en ustedes. ¿Qué tal? ¿Cómo estuvo todo? ¿Cómo les fue?

—¡Gracias! Nos fue rebién. Todo estuvo simplemente maravilloso. Ahorita estamos en Heathrow. ¡Nos subieron a primera clase! Nunca hemos viajado en primera clase

—Wow, qué divertido. ¡Se lo merecen!

—Gracias. ¡Después te contamos todo, ya que estés aquí!

—Y ahora, ¿cuál es el plan?

—Primero nos vamos a Atenas por dos días y luego nos pasamos a las islas. Vamos a estar en Santorini y por fin en Nauplia

—Se oye maravilloso. ¿Cuándo regresan?

—En ocho días

—Ocho días... o sea, ¿el próximo lunes?

—Sí

—¡Que lo disfruten al máximo!

—¡Gracias!

Ahora hablaba solamente Ceci.

—Mira, antes de que nos vayamos, quería saber cómo están ustedes. ¿Cómo estás tú?

—Bien. Pues tú sabes... el viernes fue muy difícil con el funeral —hablaba en voz baja, consciente de que no hablaba en privado—. Pero creo que sí he podido ayudarle a la familia Alemán estando aquí. Igual me la he pasado extrañándolas... pues todo el tiempo

—Nosotras también te extrañamos, pero haces muy bien en estar con ellas —sonaron unos anuncios al fondo que las invitaron a subir al avión—. Sobre todo, quiero que tomes el tiempo que necesites para ti mismo, para encontrar la paz

—Gracias, Ceci

—Y luego cuando puedas, sea cuando sea, te vienes para acá. A partir del siguiente lunes ya estamos aquí

—¡Sí! No tardaré en hacer justo eso

—¡Ok! Mira, ya nos tenemos que ir. No olvides que te queremos mucho Daniel. Cuídate

—Las quiero mucho. Buen viaje y que se la pasen super genial. ¡Muchas felicidades!

—Gracias. Adiós

Tortillas y pan

—Quiero una tortilla, por favor

—Una tortilla. ¿Solo una?

—Sí

—¿Quién más quiere tortilla?

—Yo también

—Tú también. ¿Y tú?

—Yo tengo un moco

Sofía y su primito estaban atacados de risa, mientras el segundo se picaba la nariz con el dedo índice.

—Aquí tienes una servilleta. ¿Quieres tortilla?

—No, gracias

—¿Qué quieres entonces?

—Yo quiero pan

—Yo también quiero pan

—¿Tú también? Pero me acabas de decir que quieres una tortilla. A ver, ¿tortilla o pan?

—Tortilla

—Ahora van tortilla, tortilla y pan. Bueno…

Sofía y sus primitos se estaban riendo de todo.

—¿Alguien quiere berenjena y camarón con crema?

—¡No!

—¡No!

—¡No!

—¿Alguien quiere frijoles refritos?

—¡Sí!

—¡Sí!

—¡Sí!

Sofía y sus dos primitos desayunaron con entusiasmo, acabándose todos los huevos sencillos.

—Parece que les gustaron los huevos —dijo la señora Alemán— ¿Les gustaron?

Todos asintieron con la cabeza.

—Yo quiero más huevo, por favor

—Qué bueno que te gustaron, pero ya se acabaron. Solamente quedan de estos huevos que tienen cebolla y chile. ¿Los quieres probar?

—No, ahora quiero jugar

—¡Jugar!

—¡Jugar!

—¿Todos terminaron? Bueno, váyanse a jugar en la recámara de Sofía

Los tres se fueron corriendo hacia el segundo piso, burlándose con una urgencia justificada y necesaria. Por fin Liliana y yo nos sentamos a desayunar, mientras la señora Alemán anduvo entre la cocina y el comedor.

—¿Fue tu hermana quien te habló hace rato?

—Sí, era Ceci

—Qué bien. ¿Dónde anda?

—Vive en Londres

Liliana sabía que detrás de mis respuestas había algo más.

—¿Y cómo le ha ido?

—Le ha ido bien, gracias

No tenía ningún razonamiento o lógica para saber si era buena idea o no contarle todo, pero me estaba preguntando en muy buena onda y no la quería decepcionar. Solo tenía buenas intenciones. Sin pensarlo más, me abrí.

—Se acaba de casar y me habló del aeropuerto. Se van a Grecia por una semana, para su luna de miel

—Wow, qué bonito. ¿Quién es su marido?

—Es su mujer, se llama Aurora. Las dos se conocieron hace rato en la uni

—Perdón, no sabía, su mujer

—Todo bien. Ellas están muy felices, las dos, Ceci y Aurora. Tienen una alegría radiante, contagiosa. Piensan quedarse en Londres por un rato

—Qué bien. ¿Y de dónde es ella?

—Su familia es de España. Tiene una familia grande, aunque parece que ya tienen un rato en Reino Unido

—¡Muchas felicidades! —fue la primera vez que Liliana sonrió con tal energía desde que llegué.

—Gracias —sonreí.

—Nomás que... a ver, ¿cuándo se casó?

—El sábado —el tiempo era tan irreal, todavía no lo creí al decirlo—, ayer. Están a seis horas de…

—¿Ayer? —la novedad claramente le había impactado— Daniel, ¿su boda fue ayer?

La señora Alemán, quien estaba medio escuchando desde la cocina, vino y se sentó con nosotros.

—Sí. Pero es que… Es que Ceci sabe de Carlos. Siente mucho lo que pasó. Ella y Aurora han estado pensando mucho en ustedes desde lejos

No sabían qué decir. Yo quería dejar claro, aunque me costaba hablar en contra de la cascada de emociones que llevaba por dentro, que yo decidí estar con ellas y que era con el consentimiento de Ceci.

—Ella sabe que estoy aquí porque era importante para mí estar con ustedes y para que me pudiera despedir de Carlos. Me ayudó bastante a tomar esa decisión. No había otra forma. O sea… No había otro camino

—No sabemos cómo darte las gracias. A ti y a Ceci y Aurora. Pero no hubieras… —Liliana se cortó aquí. Un rato después continuó— Agradecemos muchísimo que llegaste con nosotros

—Gracias. No lo hubiera hecho de otra manera

—Ok. Pero una cosa. Pronto necesitas ir a Londres, Daniel, necesitas ir con Ceci y Aurora y estar allá y festejar con ellas

—Sí, eso es justo lo que quiero hacer. Me ha dicho que debería ir a quedarme con ella y pasar más tiempo allá. Pero siempre…

siempre me sentí tan ocupado con el trabajo. No sé por qué, si ya estoy a punto de perder todo eso. Bueno, eso ya no importa

—¿Cuándo regresan de Grecia?

—En una semana

—¡Ve con ellas, Daniel!

Era lo mismo que Ceci me había dicho hace unos días. Ahora Liliana me la puso así de fácil. «Ve con ellas».

—Es lo que voy a hacer. Gracias. Mientras, estoy tan agradecido de estar aquí con ustedes y sentirme muy cerca de Carlos. Es lo que quería hacer

—Gracias

Todos sonreímos levemente y nos quedamos sentados por un rato. Sentimos una energía positiva que nos llenaba y se reforzaba en las intenciones y los sentimientos de todos. No había remordimiento.

Nuevos días

Ese lunes sentí las olas que regían el tiempo y que intentaban dar el empujón hacia la cotidianidad y la rutina que la familia Alemán y yo habíamos perdido en los días anteriores.

Tacho despertó y empacó su maleta; entonces bajó para despedirse de todos, que ya estábamos despiertos, dándonos abrazos para después irse a la central de autobuses y regresar a su casa en Monterrey.

—Buena suerte con todo y buen viaje —le dije.

—Órale, gracias, nos vemos, Daniel. A ver cuándo vienes a Monterrey para armar una reunión con unos cabritos y unas chelas

—¡Eso estaría chido!

—Oye, ¿no quieres desayunar antes de que te vayas? —le preguntó la señora Alemán.

—No gracias, tía, se me va el camión

—Bueno, que te vaya bien, mijo

Le dio una bolsa de pan dulce para el viaje y ambos se abrazaron.

Y luego Tacho se fue. Apenas eran las 7:10.

Un poco después, Liliana también se despidió de nosotros para irse a la biblioteca, donde trabajaba como bibliotecaria, para ver si lograba acoplarse al ritmo y espacio en aquel ambiente.

Tuvo la fortuna de tener un horario flexible que le había ayudado bastante desde el accidente de Carlos. Sobre todo, contó con el apoyo incondicional de sus colegas.

—Los veo más tarde —nos dijo.

—Ve, anda, hija, que te vaya bien —le dijo su mamá alentándola a regresar—. Yo me encargo de la niña. No te preocupes de nada

Y luego Liliana se fue. Entonces eran las 7:31.

Como Sofía aún estaba dormida, de repente la casa se sintió enorme y vacía. Metí ropa a lavar, ya que no había empacado para tantos días. Después me serví una taza de café y fui a sentarme en el jardín con un libro. El sol y el día se abrieron ante mí como un nuevo lienzo.

Para las 11 la niña ya había despertado, desayunado y jugado un rato con sus peluches, cuando llegó la señora Alemán.

—Oye, Daniel, debo ir al departamento de Carlos para empezar a ordenar sus cosas. ¿Puedes acompañarnos?

—Sí, claro. Voy por mi mochila y nos vamos

Los tres tomamos un taxi, que era lo más fácil. Un rato después llegamos a la colonia Escandón.

—Ayúdame, por favor, es la llave grande

Me pasó su llavero con la mano temblorosa. Metí la llave y la giré, abriendo la puerta sin saber lo que nos esperaba adentro.

El hogar de Carlos era chico, pero moderno. Tenía una mesa redonda en el comedor, un sofá, un escritorio y una doble cama. Era limpio, pero desordenado, como un espacio creativo.

Resaltaban los dispositivos electrónicos: una televisión, una laptop, una impresora y una cámara. Había muchos instrumentos para escribir y papel de todo tipo. Y sobre el sofá había un enorme reloj análogo, redondo, en blanco y negro marcando los segundos, tic, tac, tic, tac, un contrapeso al silencio de su hogar y las ondas sonoras de la calle.

Sofía se puso a mirar la tele mientras la señora Alemán fue a limpiar la cocina. Sacó todos los comestibles del refri y lo vació, tirando lo que ya se había echado a perder y guardando lo poco que merecía llevar consigo en bolsas. Cuatro cervezas, unas cebollas, chiles y limones, zanahorias y mantequilla.

Después fue a hacer lo mismo en la despensa. Guardó la sal y la pimienta, una bolsa de café, un bote de avena, sopa de fideo, arroz blanco y frijoles pintos. Tiró todo lo demás.

—Daniel, me puedes ayudar con el baño. Por favor, ve y vacía el mueblecito

La escuché y me hacía sentido, quizás no quería invadir la privacidad de su hijo o encontrar algo que no quería ver. Aunque era algo extraño que jamás había pensado hacer. No había ninguna guía de usuario para esto.

No había mucho. En cinco minutos ya había tirado todos los productos de baño, salvo el papel y el jabón. Metí todo en una bolsa para sacarlo.

Siendo proactivo, me pasé a la recámara para darle unos toques de limpieza, tendiendo la cama, tirando todo lo que evidentemente era basura, sus medicamentos y algunos efectos personales para guardar su privacidad.

Saqué toda la basura y luego regresé a sentarme en el escritorio, cerca de donde la niña estaba mirando caricaturas.

—Gracias, hoy solamente quería darle una limpiadita como primer paso. Otro día me encargo de todas sus cosas

La señora Alemán se quedó parada un rato, mirando por la ventana. No pude imaginar el dolor que estaba sintiendo.

Dándole espacio me quedé sentado, echando un vistazo al escritorio sin mayor intención. Había muchos documentos recién impresos y redactados con tinta roja. Unas fotos de un bosque y de unas lanchas en un río.

—Gracias por acompañarnos, ya fue mucho para un día —dijo la señora Alemán, poniéndose la chamarra.

Escuché el incesante discurrir del tiempo, tic, tac, tic, tac, cobrándonos a todos los segundos que nos hayan sido otorgados. Ese reloj que siempre iba en mi contra ahora era distinto. Estaba vivo y tenía todo el tiempo que quería para estar con la familia Alemán y para llegar con Ceci y Aurora.

Pero todo era capaz de cambiar en un instante y no se podía negociar con el reloj o con ese hilo del tiempo que estaba atado al destino.

A Carlos se le acabó el tiempo demasiado temprano. Y yo casi abandoné a mi hermana en el Bosque de Chapultepec. Esa era mi tristeza infinita. Lo que más temía en toda mi vida.

—Ya nos podemos ir —declaró la señora Alemán.

—Bueno, ya voy

Me incorporé y apagamos la tele. La niña se puso los zapatos y los tres nos regresamos a la calle para buscar otro taxi.

Pozole

El siguiente día me dediqué de nuevo a la cocina. Tere y Yolanda habían quedado en llegar esa noche y yo me encargué de la cena. Fui al supermercado a conseguir todo lo que necesitaba: La carne de puerco, el maíz, chile ancho y guajillo y unos aguacates.

Estaba hirviendo los chiles cuando me habló José para invitarme a un recorrido de la UNAM, donde trabaja.

—Me encantaría

—Va. ¿Te queda bien el jueves o el viernes o…?

—Sí, el jueves estaría genial

—¿Estás cerca del metro?

—Sí, de Sevilla

—Perfecto, entonces de ahí te vas a Balderas, agarras dirección Universidad y te bajas en esa

—Es la última, ¿verdad?

—Exacto

—Perfecto, te hablo cuando vaya en camino. Gracias

Colgué con José, cerré el refri y la niña se me quedó mirando.

—¿Quieres jugar? —me preguntó.

—Sí —sonreí—, ¿qué quieres jugar?

—Quiero jugar al escondite con mis peluches

Meneé los chiles y le bajé al fuego.

—Bueno, ¡vamos a jugar!

Me dio su peluche de xoloitzcuintle y me pidió que lo escondiera mientras se tapaba los ojos.

—¡Uno, dos, tres, cuatro, cinco, seis, siete, ocho, nueve, diez!

Yo apenas había empezado a meter el peluche debajo de un cojín en la sala.

—Espérate Sofía, ¡estás contando muy rápido! Necesitas contar hasta veinte y más lento, para darme tiempo

—Uno, dos, tres…

Fui a la sala…

—Cuatro, cinco, seis…

Escudriñé la habitación y los muebles…

—Siete, ocho, nueve, diez…

Entre la silla y la pared, debajo del marco rojo…

—Once, doce, trece…

Había una vasija de barro…

—Catorce, quince, dieciséis…

En donde metí al xolo rapidito…

—Diecisiete, dieciocho, diecinueve…

Lo enderecé para dejarlo dentro de su alcance…

—¡Veinte!

Y me aparté del escenario. La niña vino corriendo y se puso a buscar, mientras yo volví a la cocina para menear los chiles.

Así la pasamos en lo que se iba cociendo el pozole. Escondí la cerdita debajo de un cojín, el osito café en un plato de arcilla y el pato sobre la mesa detrás de una foto de la niña.

La señora Alemán no salió de su recámara esa tarde.

Un poco antes del atardecer, Liliana regresó cansada del trabajo; Sofía llegó de inmediato con ella, esbozando una breve sonrisa. Entonces bajó la señora Alemán. Las tres se sentaron juntas en la sala, unidas en silencio, vinculadas al misterio que permeaba el espacio y los ojos de sus ancestros que las miraban desde las fotos.

Yo me quedé en la cocina atendiendo los últimos detalles. El pozole ya estaba listo, la casa guardaba todos los sabores del maíz y los chiles y no había más que hacer hasta la hora de sentarnos a cenar. Pero quería darles espacio. Mi función era estar ahí para que no se sintiera tan sola la casa y dejarlas sanar a su tiempo.

Más tarde llegaron Tere y Yolanda, esta vez con un pastel de chocolate. Además, trajeron su energía y sus voces que ayudaron a calentar las almas y subir el ánimo dentro de la casa. No tardaron en ponerse todas a platicar.

Un rato después, la niña empezó a decir que tenía hambre y todas vinieron a la mesa. Tere y Yolanda me querían ayudar en la cocina, pero no las dejé, insistiendo en que se sentaran. Encendí unas velas, calenté unas tortillas y serví el pozole en platos hondos, agregándole aguacate, rábano, orégano y limón, repartiendo todo sobre la mesa. Y luego me senté, aún pendiente de si algo les faltaba.

—¡Qué lo disfruten!

—¡Gracias!

—Mira nomás, qué rico se ve —me dijo Yolanda— ¿De dónde sacaste la receta?

—No me acuerdo. Mi abuela siempre hacía unos guisados muy ricos, ella me pasó mucho de su cocina. Pero el pozole lo adopté de no sé dónde

—Se ve delicioso

—Gracias. A mis amigos en San Francisco les gusta mucho, siempre nos reunimos para la cena en una u otra casa. Cuando me toca cocinar, yo hago el pozole, ellos traen el vino, así todos nos divertimos. Y no pica —añadí, sonriendo a la niña.

—Lo que dices es lo bonito de la cocina de México, que viene de la abuela, que aporta toda la cultura y el conocimiento y se sigue adaptando a los nuevos gustos y modos, evolucionando, como una historia vigente

—¡Así es!

—Buen provecho

—Provecho

Esa noche soñé todas las posibles emociones dentro del espectro humano. No solamente tristeza, sino también agradecimiento, refugio y amor. Mucho amor. Así era la casa de mis abuelos, llena de amor.

El miércoles Liliana regresó al trabajo y la señora Alemán, Sofía y yo regresamos a la colonia Escandón con unas cajas de cartón para empezar a juntar lo de Carlos. Mientras íbamos en el taxi, me iba fijando en cómo había cambiado la ciudad. El esqueleto, la densidad y la energía de la calle eran como siempre, pero la capa que correspondía a la modernidad y a la transformación digital era nuevo.

Me aferré a la ventana mirando todos los restaurantes y las tiendas, los edificios, las obras de construcción y los desvíos, los temas detrás de las manifestaciones, los clamores políticos, la renta de las bicis y los carriles dedicados a su uso. Quise adentrarme y ser parte de eso para volver a conocerlo. Me sentí en casa y al mismo tiempo me sentí como un extranjero que ya no estaba al tanto de las cosas.

Al entrar, el departamento de Carlos se sentía extraño. Había algo curioso en el espacio y su geometría, en el tiempo medido y los segundos que seguían siendo marcados por el reloj, constatados por el tic, tac, tic, tac, apartados en silencio a través de todos los ejes. Eran en cierta forma la distancia recorrida de un tiempo previo, pero perdurable, irrevocable y que seguía siendo una parte del universo entero.

Sofía se sentó con el osito café para mirar la tele.

—¿Dónde están las caricaturas? —me preguntó.

—Deja ver

Pasé por los canales hasta que me topé con Peppa Pig y enseguida con Dora, la exploradora.

—¡Dora!

Mientras la niña se entretuvo con la tele, la señora Alemán iba juntando todo lo que quería llevar consigo, enfocándose en primer plano en lo que era evidente. Y así las cajas se iban llenando de fotos, adornos, libros, papeles.

Después abrió los cajones de todos los muebles para empezar a darse cuenta de lo que quedaba.

—Es mucho —decía—, no sé qué hacer con tanta cosa

—¿Cómo te ayudo? —le pregunté.

—A ver, por favor llena aquellas dos cajas de esa ropa del mueble. Otro día se las pueden llevar a donar

—Bueno

—Y si encuentras cosas que te llamen la atención, te las puedes llevar. Eso me ayudaría bastante

Llené las cajas como me había pedido, sin pensar en llevarme nada. En un sentido lo hice de forma mecánica, sin querer someterme en la profundidad de lo que hacía, pero no pude apartarme de lo que significaba hacer eso y de todos los sentimientos que surgieron, como golpes de vientos aturdidos.

—Es mucho —seguía diciendo la señora Alemán.

Fueron los sonidos de las caricaturas lo que me mantuvieron en tierra firme, las voces de Dora y sus amigas y unos cachorros en plena aventura. Tenía que ser fuerte para ellas.

—No sé cómo lo quieres hacer —le dije, muy despacio y tranquilo—, pero hay tiempo. O sea, no se tiene que hacer todo en un día

—Tienes razón —me dijo.

—Además, si quieres te ayudo a conseguir a alguien que nos ayude a sacar todo, a donarlo o como tú prefieras

—Gracias

Se sentó y se puso a revisar los cajones del escritorio. Había mucho papel y archivo, lentes, plumas, un pasaporte y todo tipo de credenciales. Después encontró unas fotos y empezó a mirarlas.

Eran fotos de Carlos en contextos que no conocía. Viajando, con amigas y amigos, unas fotos en Nueva York, fotos en Chiapas y en Yucatán, fotos en un estadio de fútbol.

—Daniel, por favor, ve a la recámara a ver lo que hay adentro del clóset y debajo de la cama

Empecé en el clóset.

—Todo está bien ordenado —le dije.

Vi unos zapatos formales y tenis, sacos, una chamarra, corbatas y ropa colgada. Camisas de manga larga, pantalones, una playera. Nada más.

La playera era inmaculada, de México en una copa mundial.

—Gracias —me contestó.

Me agaché para mirar abajo de la cama. No había nada. Solamente las cuatro patas pisando el suelo, soportando todo el peso que llevaba encima.

Pero por alguna razón, me quedé agachado justo el tiempo indicado antes de perder la posibilidad, la de percatarme de una sombra en la esquina opuesta de donde estaba. La sombra era curiosa, asimétrica y no parecía corresponder a la geometría de la cama.

—Mira nomás... —dijo la señora Alemán, animada por algo que había encontrado.

Regresé a la sala y vi que la caricatura se estaba acabando.

—¿Quieres jugar al escondite con el osito? —le pregunté a la niña.

—Sí —dijo y me lo entregó.

—Bueno, tú quédate aquí y yo lo voy a esconder

—Uno, dos, tres…

Para los veinte yo ya había regresado a la sala y ella se fue a buscar.

—Mira estas fotos que encontré. Aquí están ustedes dos

Eran fotos de nuestro viaje a Los Ángeles. En la boda de unos amigos, en varias playas, en el muelle de Santa Mónica. Eran ocho en total y eran tesoros. No sabía que existían.

—Tú quédate con esas fotos, Daniel —me dijo—. Son tuyas

—Muchas gracias —le dije—, las voy a guardar para siempre

Ni había empezado a recibirlas por completo cuando escuché a la niña.

—¡Mira lo que encontré! —exclamó. Llegó corriendo con el osito café en una mano y la patita en la otra.

—¡Es la patita!

—¡Mira, allí está la patita! —dijo su abuela— ¡Ya apareció! ¿De dónde salió?

—Debajo de la cama. ¡Estaba escondida con el osito!

Sofía regresó al sofá con los dos peluches, tan contenta por la reaparición de la patita.

Estar con la familia Alemán me ayudó a encontrar mi propio ritmo y espacio que me habían faltado en los días anteriores. Era distinto a tener que hacerlo desde lejos, como cuando falleció mi abuelo. Allí estábamos en el espacio de Carlos, pisando su propio suelo.

Esa tarde había tiempo para mirar fotos y jugar con la niña. Y esas ocho fotos las iba a guardar para siempre, metiéndolas con mucho cuidado en un sobre para llevármelas.

También le pedí permiso a la señora Alemán de llevarme la playera.

—Sí, por favor, llévatela. No tienes que preguntar

—Gracias

—No, gracias a ti. Todo lo que quieras llévatelo, Daniel, me harías un gran favor

La doblé con cuidado y la guardé en mi mochila, junto con las fotos. Las iba a atesorar por siempre.

Esa noche, Liliana regresó cansada del trabajo. Sofía llegó con ella y aunque la animó un poco la presentación de la patita, aún se veía triste y confundida.

—¿Cómo te fue? —le pregunté.

—Todo bien. O sea, todo está muy tranquilo y son amables. Todos saben lo que pasó, pero aún siento una tristeza que llega y se va, llega y se va

La escuchamos.

—Estoy trabajando y todo bien, o sea, tranquilo y luego me viene la tristeza. Me aguanto en silencio hasta que ya no la soporto y de repente necesito salir o ir al baño a llorar

Noté que la presencia de la niña la hacía contener las lágrimas que aún necesitaba desahogar. Creo que la señora Alemán notó lo mismo porque se levantó a tomar a la niña. Liliana subió a su recámara para encontrar el espacio que necesitaba, quedándose metida ahí hasta la hora de acostar a la niña.

Horas después, ya que Sofía se había dormido, Liliana bajó y fue a la cocina. Se veía menos cansada. Como si se hubiera recuperado de los peores dolores y del cansancio que cargaba cuando llegó del trabajo.

Se calentó unas tortillas y un plato de pozole que había sobrado de la noche anterior. Abrí una cerveza y me senté con ella.

—¿Cómo estás?

—Perdón, es que tengo hambre

—No te preocupes

—Me siento mejor. Gracias

—¿Quieres una cerveza? ¿O te traigo aguacate o un limón?

—No gracias —dijo entre mordidas de tortilla—. Bueno, quizás un traguito de tu cerveza

—Sí —sonreí, colocando la botella en medio de nosotros.

—Oye, ¿qué me estabas diciendo el otro día, que estabas a punto de perder tu trabajo?

Me sacó de onda y tardé un poco en contestar.

—Sí. Es que… me había ido bien, pero ya no quiero tener nada que ver con ellos

—¿Por qué? ¿Qué pasó?

Volvió a tomar de la botella.

—Difícil de explicar, pero ya no me encuentro ahí

—Ok. ¿Y sabes lo que vas a hacer?

—Buscar algo nuevo, quizás en Londres para estar más cerca de Ceci. No sé. Es lo bueno de ser economista, me puedo conseguir algo en muchos lados. No estoy atado a ningún lugar

—¿Y puedes estar sin trabajo?

—No. O sea, sí puedo tomarme un tiempecito para conseguir algo nuevo, que ojalá sea una mejor oportunidad para mí… Pero no me puedo tardar mucho. Es preocupante hasta saber dónde voy a caer

—¿Quizás aquí en México? —me preguntó, caprichosamente.

—Sí, sería genial —sonreí antes de cambiar el tema—. Oye, estaba pensando, no sé cómo andas de tiempo esta semana o si quieres, pero ¿quisieras salir a alguna parte?, ¿para despejarte?

—Ay, sí, por favor, me haría bien salir y hacer algo. ¿A dónde quieres ir?

—No sé, a donde sea. Podemos ir a algún sitio… ¿Habrá tiempo?

—Mañana, sí. ¿Vale?

—Sí, sí, sí

—Bueno. Pues tú que ya casi te vas, ¿qué quisieras hacer?

—La verdad es que siempre he querido ir a las pirámides —dije, pensando en grande— ¿Las has visto?

—¿Te refieres a Teotihuacan?

—Sí

—Yo no. Pero Carlos sí fue hace tiempo, dijo que eran de otro mundo... se subió hasta arriba

—No sabía eso...

—Bueno, ahora hay que ir. ¿Vale?

—Sí, sí —no lo podía creer. De repente se armó el plan y se puso en marcha—. Eso es lo que necesitamos hacer...

Le hablé a José para cambiar nuestra reunión hasta el viernes. Y luego le hablé a Javier y nos pusimos de acuerdo para el siguiente día.

En la cima

Javier llegó a las diez.

—Buenos días, amigo, ¿qué tal? —nos saludamos.

Liliana y yo nos metimos al coche y nos pusimos en marcha. La ruta nos llevaba al noreste de la ciudad. La densidad y el tráfico del centro tardaron un rato en ceder paso a las carreteras que nos llevarían a las pirámides.

Justo antes de llegar, Javier nos llevó a unas tiendas artesanales. Liliana y yo entramos y nos paseamos un rato entre los pasillos y los puestos. Había poca luz, pero contaban con una amplia riqueza y belleza en sus artículos.

Había estatuas, espejos de obsidiana, adornos, figuras, máscaras, calendarios aztecas, esculturas de Quetzalcóatl, ruanas, gorras, joyas de plata, juegos de cocina y mucho, mucho más. Evocaban la enorme diversidad y la amplia riqueza de las culturas indígenas, vinculando las etapas de los tiempos antiguos al presente y el porvenir.

—Necesito algo para Ceci y Aurora —le dije a Liliana.

Me ayudó bastante dándome muy buenas ideas y mostrándome lo que ella veía como opciones. Y fueron las joyas y la plata lo que nos convencieron más que nada. Les llevé dos pulseras de plata relucientes e intercaladas por piedras coloridas, las dos idénticas, y dos collares de plata y ámbar, adornados con el sol y la luna. Fueron envueltos con mucho cuidado y esmero y me dieron los recibos que iba a necesitar para llevarlos a Reino Unido.

Por fin llegamos a Teotihuacan.

Era mediodía. Había un largo camino de tierra que atravesaba todo el sitio, culminando en la venerable Pirámide de la Luna. Al lado derecho del camino se impuso desde luego la enorme Pirámide del Sol, aún a la distancia; al fondo, el Cerro Gordo marcaba el límite entre tierra y cielo, que estaba despejado de nubes, pero algo borroso por la cobija de esmog que aún se percibía en las afueras de la ciudad.

Entre el inicio y el fondo había campo, así como vendedores peatonales que llevaban todo su bulto de mercancía consigo. Había unos perros andando por doquier, sin prisa ni motivo. Me quería arrancar el cabello de la emoción y los pensamientos que provocaba el escenario. Qué misterios y secretos y tesoros guardaba esa antigua ciudad que una vez fue abandonada para volver a ser redescubierta una y otra vez.

Caminamos bastante pasando templos, muros y palacios antiguos, hasta que por fin llegamos a la base de la Pirámide del Sol. Era grande, ancha e impresionante en su estatura y geometría.

—¿Quieres subir? —me preguntó.

—Sí —contesté de prisa, reprimiendo mi miedo a las alturas, algo que fue notado por Liliana.

—¿Seguro?

—Sin duda, vamos. Vamos a contar los escalones a ver cuántos son

—Bueno, ahí van. Uno, dos, tres…

Empezamos con los primeros escalones, que en su conjunto solo eran el primer grupo de una larga serie que constituía el camino empinado hacia la cumbre. La subida era necesariamente lenta. Había que subir con cuidado para evitar un mal paso.

Había muchos balcones donde pudimos descansar y ver cómo íbamos ascendiendo poco a poco. A la mitad había unos hombres con sombreros trabajando en la pirámide, no en los escalones sino en la enorme superficie, inclinándose con destreza y apoyándose fácilmente mientras ponían manos a la obra. Verlos me hizo sentir mareado y menos estable sobre los escalones. Aunque siempre tenía la opción de sentarme en los escalones o inclinarme hacia la pirámide.

Empecé a sentir lo que percibí como efectos de la altura. Era la combinación de todo. La emoción del sitio, sumada al esfuerzo y la coordinación que se requería para subir. Sentí que todos los alientos otorgaban vida y eran necesarios. No quería faltar a ningún ciclo de inhalación y exhalación o sentía que me quedaría atrasado.

Mientras yo tragaba aire, Liliana venía con calma. Se veía menos afectada por la altura y parecía subir sin cansarse, como si fuera impulsada por una energía interna que no fallaba. Como si los retos del terreno físico no se compararan con el dolor de haber perdido a su hermano. Como si subir fuera simplemente una cuestión de ejercer el empeño indicado.

Por fin llegamos a la cumbre.

Había un grupo de cuatro personas sentadas en la cima, que era plana y rectangular. Se estaban pasando un churro entre ellos mientras platicaban.

—Mira, Alex, es el humo de Moctezuma…

—No, no lo es. Es de Cuitláhuac

—Ay sí, Cuitláhuac, wey

—Pinche Emil, ahora tú te quedaste con Moctezuma

—Ja, ja

—Sereno, hay otras personas aquí

—Es que todos estamos aquí, Susa… Encima de la esfera…

—Se me hace que es pirámide, ¿no?

—Es la pirámide que está encima de la esfera…

—Ja, ja. Ya estás bien pasado, wey

—Es del origen y… Es el puente que nos lleva hasta al penúltimo ocaso…

—Ja, ja, pendejo

—Ahora viene para acá… Ya fue para allá dos veces, wey

—Wey, ya deja de joder…

—Bájenle, les dije

—Es que pinche tos… Chantal, pásame agua, por fa

—A ver, ¿quiénes son?

—Pinche wey, ya está bien pacheco…

—Ah, sí. Ja, ja… Hola. Hola. Hola

—Hola —los saludé desde un lado de la plataforma, que era la cima de la Pirámide del Sol en la antigua ciudad de Teotihuacan. Seguí respirando y tomando cuenta de todo el panorama.

—A ver, ¿cuántos escalones? —me preguntó Liliana.

—No sé —sonreí—, perdí la cuenta allá bajo en los cien y pico. ¿Tú?

—Yo también la perdí... en doscientos y cacho

Nos sentamos en la esquina que miraba hacia la Pirámide de la Luna. Era menor a donde estuvimos nosotros, pero más grande que todos los otros palacios y sitios. Mis ojos estaban recibiendo toda la maravilla abundante entre las capas de atmósfera y piedra.

—¿Entonces Carlos subió hasta aquí?

—Sí, aquí estuvo

Había un silencio entre nosotros.

—Aquí está —añadí.

Sentí nostalgia por ese mismo lugar, que concordaba en el espacio, pero no en el tiempo. Empecé a buscar alguna señal de que Carlos estuvo ahí, algún mensaje que nos hubiera dejado, anticipando que Liliana y yo llegaríamos otro día en el porvenir para recibirlo, algo que fuera solamente para nosotros dos.

Liliana saco unas agujas, palos y bolas de lana y empezó a tejer. Era algo que ya había empezado y lo retomaba con una facilidad que parecía amplificar su consciencia y enfoque en el presente.

—¿Qué estás tejiendo?

—Un suéter para Sofía. Se lo quiero tener listo para el lunes

—Qué bonito, le va a encantar

Un viento leve, pero constante soplaba en la cima, alimentado por las otras fuerzas que nos rodeaban. Un tiempo indefinido transcurrió, mientras nos hundimos en todas las sensaciones. Aún no lograba acostumbrarme por completo a la altura y sabía que la bajada iba a ser más difícil que la subida. Traté de alejarme de ese pensamiento.

—Qué emoción que ya va a entrar al kínder

—Sí. Aunque sigue nerviosa

—¿Y tú?

—Yo estoy bien. Solo… Es que el tiempo se pasa volando. Está creciendo muy rápido mi niña

Sonreí y asentí. Sin que fuera mi experiencia propia, entendí lo que me decía. Sofía era el centro de su mundo y la había ayudado a pasar por tiempos muy difíciles solo estando ahí; con lo que exigía de su mamá y el amor infinito que le regresaba.

No me atreví a preguntar sobre el padre biológico de Sofía. Nunca escuché que se hablara de él, era como algo que simplemente no se hacía. Solo sabía que Liliana la había criado con ayuda de su mamá desde que nació.

Se levantaron las cuatro personas para empezar a descender de la pirámide.

—Qué bonitos colores, me gusta mucho lo que estás tejiendo —dijo una de las chicas.

—Muchas gracias. Es un suéter para mi hija

—Ay, wey, mira los colores, no manches… —decía una voz al fondo.

—A huevo

—Mira los colores, parecen de la selva

—Esos colores son del jardín cósmico, cabrón

—Es el jardín de tu mamá, wey

—Ja, ja, ya cállate, pendejo

—¿Cuántos años tiene tu hija?

—Cinco

—Pídeles una foto, Chantal

—Sí, una foto

Ella no tenía que pedirla, ya lo había escuchado.

—Claro que sí —me levanté al tiro para hacerlo.

—Gracias

Me pasó la cámara sonriendo y los cuatro se juntaron en bola, los chicos poniéndole cuernos hasta a las chicas, todos burlándose sin remedio.

—Bueno, ahí voy eh, va. Uno, dos y… tres

Le regresé la cámara.

—¿Quieren una de los dos?

—Sí, por favor —contestó Liliana.

Ella nos sacó unas fotos y luego se despidió de nosotros.

—Que tengan muy buen día —nos dijo, volteando a ver a sus compañeros empezando la bajada.

—Ustedes también, gracias

Me estremecía ver cómo los escalones bajaban muy empinados. Los vientos eran marcados por sus voces y algunas carcajadas espontáneas que daban una envidia repentina, hasta que habían descendido lo suficiente que ya no se escucharon.

—¿Has ido a Londres?

—No, todavía no, pero me encantaría conocerlo

—Tienes que ir. Es maravillosa la ciudad. Tiene mucha historia, museos, bares, muy buenos restaurantes… Y en verano los días son larguísimos

—Se oye genial

—Sí. Lo único es que no tienen comida mexicana. Para nada

—Eso sí es un problema

—Sí. Acaso unos restaurantes Tex-Mex, pero no son muy buenos. Carecen de sabor

—Debes abrir tu propio restaurante para llevarles el pozole

—Ja, ja, oye no es mala idea

—Y me llevas como tu socia

—¡Sí!

La Pirámide de la Luna se veía cerca y lejos al mismo tiempo. Había algunas personas en la plataforma inicial de la pirámide que destacaban como hormigas con sus movimientos. No se podía subir más arriba de ahí para preservar a la pirámide que ya había sufrido mucho daño con el tiempo.

—Oye, sabes qué —declaró Liliana de la nada—, vamos a gritar

—¿A qué?

—A gritar. Necesitamos desprender toda esta energía y dejar una huella con los ecos

—Órale, vamos a gritar

Ya se había puesto a darle con todo. Yo también le seguí la corriente, aunque tardé un poco en hacerlo. Gritar al cien no es algo que solía hacer con frecuencia, pero mejoré un poco con el tercer y el cuarto intento, pausando entre gritos para tragar aire y escuchar cómo resonaban las ondas sonoras de Liliana, que extendían su presencia en una enorme esfera que se esparcía por todo Teotihuacan.

Liliana parecía desquitarse de las inquietudes que le atormentaban hasta despejar todos los grises, logrando lo que necesitaba con cada grito. Además, ella era la imagen perfecta de lo que hacía.

Coyoacán

Era viernes. Después del desayuno me despedí de la señora Alemán y de Sofía y me fui al metro. Una hora más tarde llegué a Ciudad Universitaria.

Luego luego percibí la distancia recorrida. Esa colonia, ubicada a doce kilómetros al sur del centro ya se sentía algo apartada de la densidad citadina; sin embargo, aún era muy movido el ambiente y contaba con gente y tráfico.

José me estaba esperando afuera de la estación.

—Hola, hola, ¡bienvenido a la UNAM!

—Gracias, ¡qué gusto verte!

Pasamos bastante tiempo dando un recorrido por el campus. Nuestra ruta no era lineal, era al azar de nuestros pasos y deseos.

Pasamos por las distintas facultades, institutos y edificios, oscilando entre los espacios verdes, canchas de deporte y caminos peatonales. Dentro del campus vimos todos los murales y esculturas que contaban su propia historia, entre lugares de abundante espacio y otros llenos de gente, la mayoría estudiantes.

Me quedé asombrado por el arte y la arquitectura y por cómo estos se fundieron para crear una experiencia verdaderamente trascendental.

Después de un rato llegamos a Las Islas, un enorme espacio verde y sinuoso en medio del campus. Justo al lado estaba la

Biblioteca Central y su mural gigantesco, emblemático de todas las etapas de la historia de México. Las cuatro fachadas abarcaban la historia prehispánica, la Conquista e Independencia, la Revolución y la modernidad.

Nos sentamos un rato contemplando la magnífica escena, disfrutando el aire libre. La serenidad, el tiempo y el espacio nos permitieron reflexionar sobre nuestro querido amigo.

—¿Es muy triste, no, lo de Carlos?

—Sí, todo es muy triste —contesté muy lento, dejándome el tiempo necesario para alinear lo que sentía con mis palabras— y todo pasó tan rápido. O sea... como si apenas me hubiera enterado de que no estuvo bien. Pensé que venía a verlo, pero así de pronto, ya no estuvo

José también buscaba su propio entendimiento, a su forma.

—¿Sabes qué le pasó?

Me tomé un rato para escuchar la pregunta y saber cómo quería contestar.

—Se le acabó el tiempo —le dije, mirándolo con sinceridad.

Asintió levemente. Su ademán decía que había entendido la respuesta y que, en cierto sentido, así de sencillas eran las cosas.

—¿Lo habías visto recientemente? —me preguntó.

—La vez pasada que lo vi fue en una boda en Los Ángeles, hace dos años, en Malibú. Alquilamos un jeep y pasamos un día entero yendo a playas, comiendo tacos, subiendo y bajando la Ruta 1 de California. Estuvo genial

—Qué bien. Ese tiempo. Es lo que más cuenta

—Gracias. Tienes toda la razón. ¿Y tú lo habías visto?

—De vez en cuando. Siempre lo vi igual. O sea, el Carlos de siempre, sonriendo y contento, muy feliz

—Así era Carlos

Gozamos ese sentimiento por un rato, rodeados por la energía tranquila del campus. Ahí perdí toda consciencia del tiempo, observando a los estudiantes que entraron y salieron del escenario, en bicis o a pie, charlando en grupos de dos y tres, algunos tomando una siesta sobre el pasto, entre el sol y las sombras intermitentes que llegaron a taparnos como si estuviera mirando unas olas entrando y saliendo de una bahía, todas integradas en sus movimientos, como partes de una enorme orquesta.

—Oye, ¿se te antojan unos tacos? —me preguntó José después de un rato—. Hay muy buenos lugares aquí cerca, por si quieres comer algo

Para entonces ya tenía hambre.

—Sí. Definitivamente

Fuimos a una taquería cerca de la Facultad de Economía y nos formamos en la fila.

—Aquí hacen los mejores tacos... —me iba diciendo, cuando le habló una voz detrás de nosotros.

—Hola, José, ¿qué tal?

—Hola, ¿cómo está profe? Eh, mire, aquí le presento a mi amigo Daniel, es un economista de San Francisco. Daniel, aquí está el profesor Ayala, doctor en Economía

—Hola, Daniel, mucho gusto conocerte, Antonio Ayala Hinojosa

—Hola, qué honor. Daniel Barcelona. Mucho gusto profesor Ayala

—¿Barcelona? No sé dónde he oído de ti

Se puso a pensar hasta que se acordó del porqué.

—Ah, sí. ¿Has oído de Tenoch Barcelona? ¿O quizás están relacionados?

—¿Tenoch Barcelona? No. ¿Quién es él?

—Es un poeta

—No, pero ¡espero que sea buen poeta!

—No está mal. A ver, disculpa. ¿En qué iban los dos?

—Le estaba dando un recorrido por la UNAM a Daniel

—Acertaron con este lugar, tiene muchos años vendiendo tacos y son de los mejores. ¿Y a qué área de economía te dedicas, Daniel?

Empecé a contarle y en eso la cola se esfumó.

—Buenas tardes, ¿qué desean?

—¿Sabes lo que quieres?

—No, ¿qué sugieres?

—Todos los tacos son muy buenos. Mis favoritos son los tacos al pastor y los campechanos con nopal

—Bueno, uno y uno

—Son chiquitos. No son como los burritos de California que te comes uno y ya estás

—¡Ja, ja! Tienes razón. Entonces, dos y dos

Los tres recibimos los tacos con salsa, limones y aguas frescas y nos sentamos a comer.

—Ahora sí, ¿en qué ibas, Daniel?

Les expliqué mi trabajo y lo que hacía. Pensé que lo tenía que hacer rápido. Como todo en Estados Unidos, me había acostumbrado a ser breve e ir al grano para no perder el interés o los 30 segundos de oportunidad, que era lo normal. Además, quería escucharlo a él, en vez de hablar yo.

Pero me sorprendí por su interés y sus preguntas. Quería saber más.

—¿Cómo desarrollas tu análisis? ¿Qué fuentes consultas? ¿Cómo defines el alcance de una investigación?

Y luego me pidió que le diera un ejemplo.

Ellos ya iban en el tercer taco y yo apenas iba en el primero. Tomé de mi agua y espontáneamente empecé a darles mi presentación, sin que fuera obvio. Todas las palabras ya se habían agrupado en mi mente y en mi lengua desde hace rato y con facilidad las liberé. Todo era muy informal y fluyó muy bien en el contexto.

Al profesor Ayala y a José les interesó mucho escucharlo. En vez de una audiencia formal de colegas y dos profesores desconocidos de Yale y Princeton, era mucho más auténtico y divertido hacerlo ahí en la Facultad de Economía con un profesor de la UNAM, un amigo de la primaria y, por supuesto, con tacos.

Además, era gratificante conseguir un desenlace para todo el trabajo que había hecho en semanas anteriores y darle una oportunidad con esta audiencia.

Los dos ya habían terminado de comer cuando pasó una colega del profesor Ayala cerca de donde estábamos.

—Hola, doctora

—Hola, buenas tardes. ¿Cómo están?

—Bien, aquí estamos comiendo con Daniel, un amigo y economista de San Francisco. Es la profesora García

—Mucho gusto, Daniel

—¡Mucho gusto, profesora! Daniel Barcelona

—Daniel nos estaba contando sobre su experiencia en economía y José le acaba de dar un recorrido por nuestro campus

—Encantada, bienvenido a la UNAM

Un rato después, el profesor Ayala y la profesora García se despidieron cordialmente de nosotros.

—Daniel, qué impresionante el trabajo que has hecho

—Gracias. Qué gustó hablar con el profesor Ayala y conocer a la profesora García. ¡No esperaba esto! Son muy impresionantes y fue genial poder conocerlos a los dos

El recorrido terminó dentro de la Facultad de Economía, donde había de repente mucho movimiento entre salones.

—Daniel, lo siento, pero ahora tengo una reunión con algunos alumnos. Si quieres andar aquí, te puedo buscar después...

Ya eran las seis de la tarde.

—No te preocupes, muchas gracias por el recorrido. Qué bonito ver el campus y pasar el día contigo. Debo regresar con las Alemán

—Bueno. Mira, el metro Universidad queda al otro lado del campus. O si quieres te queda muy cerca Copilco, aquí a unas cuadras. Además, la estación tiene unos murales que son fregoncísimos

—Muchas gracias, José

Salí del campus y me sumergí en las calles de Coyoacán, pasando por alto el metro para caminar y caminar por mucho tiempo, para luego adentrarme en la profundidad de la colonia que me envolvió como un sueño o un encanto, admirando todos los colores, las flores, las tiendas y escuchando la música de la calle.

El cielo no tardó en obscurecer. No podía distinguir las nubes en los últimos rayos de luz del atardecer, pero llegaron sin mayor aviso unos relámpagos y truenos que eran tan surrealistas en su peso y cercanía que parecían dejar grietas congeladas en el tiempo. Y luego se vino el aguacero. Llovía tan fuerte que parecía que el cielo quería desprender toda su furia en una sola tormenta.

De volada me metí a un Oxxo para salir de la lluvia y conseguirme un jugo. Estaba en la fila juntando mis monedas cuando se fue la luz en un instante. Hubo una reacción inicial de "No manches, wey" entre la gente que no perduró, transformándose en una tranquilidad colectiva que se reforzó en las luces de los celulares y la amabilidad de todos los seres. En cuanto regresó la luz, con su generador privado, pagué por el jugo y me quedé allí adentro hasta que pasó toda esa energía pluvial.

Luego volví a la calle, saltando entre los charcos de agua. El apagón parecía extenderse solamente a una parte del vecindario, mientras que las otras partes sí contaban con luz. El espíritu de la calle aún daba con todo. Me sentí unido a la gente y a esa energía radiante. Parecía que cada color que veía en esa bella colonia era único, que tenía su propio sentimiento y contaba su historia. Al fondo sabía que la casa de la familia Alemán me guardaba un lugar. Eso me llenó de calma y una alegría serena.

Casi era medianoche cuando me metí a un taxi y regresé a la casa.

Azúcar

Desperté, la noche oscura, la casa en silencio. Solamente sentí hambre, y bastante, por no haber cenado.

Bajé y fui al refri. Aunque me resistí al inicio, me habían dado acceso libre a la cocina y desde hacía unos días ya me sentía cómodo llegando a ver lo que había. Lo que más me llamó la atención fueron las sobras; me preparé un plato y lo metí al microondas.

Ya que todo se había calentado muy bien me senté a la mesa con un libro, una cerveza, un plato de mole poblano con frijoles refritos y una dona de azúcar. Lo disfruté mucho y sin prisa.

Antes de terminar, bajó la pequeña Sofía con su xoloitzcuintle.

—¿Qué estás haciendo? —me preguntó.

—Hola —susurré sonriendo—, tenía hambre. ¿Y qué estás haciendo tú?

—Tengo sed

—¡Ah! ¿Quieres una taza de leche?

—Sí —asintió con la cabeza.

—¿Te caliento un poco? Así vas a dormir rebién

—Sí

Mi abuela me había acostumbrado de niño a tomar leche tibia para atraer el sueño y luego luego dormirme. La calentaba en una olla y como tardaba un rato en estar lista, ese tiempo se convirtió en parte de la rutina de cada noche. Era precioso.

Le serví una taza y la puse treinta segundos en el microondas, algo que no existía en los tiempos de mi abuela. Se calentó con rapidez.

—Aquí está tu leche —se la entregué.

—Gracias —me dijo, con una enorme sonrisa.

Nos quedamos sentados un rato en silencio, mientras yo terminé la dona y ella se tomaba la leche.

—¿Vas a comer otra dona?

—Ja, ja —me hizo reír—, no, ya no. Ya estoy lleno. Gracias

Ya se me estaba acabando el tiempo en la casa con ellas.

Hecho en México

El domingo empezó somnoliento, no había ningún ruido dentro de la casa. Guardaba turbia consciencia de una larga serie de campanadas que ya habían desprendido sus ecos en el tiempo recién transcurrido. Las percibí desde el entorno de mis sueños y me hicieron consciente de lo reconfortante que eran la cama y la colcha, sin despertarme.

Me quedé dormido hasta que casi era mediodía, cuando escuché que llegaron Tere y Yolanda. Sus voces llenaron toda la casa de su energía. Pronto se sumaron las de Liliana, la señora Alemán y los pasos que daba la niña, ligeros y rápidos, dándole ritmo a la casa. Empezaron a poner todo en orden para el almuerzo.

A partir de entonces volví a estar más consciente del reloj. Aquel iba a ser mi último día entero en México durante esa estancia, el lunes me iría al aeropuerto y había mucho que hacer. Pronto me metí a la regadera y me alisté para bajar y estar con la familia.

—Buenos días —les dije y me serví un café, sentándome en la mesa donde ya estaban todas las demás. Tere y Yolanda habían traído tamales, frijoles, arroz, salsa y postre.

—Buenos días

—Hola, Daniel, buenos días

—Mira los tamales, ¡qué rico se ve todo!

—Sí, estos son de pollo, estos de puerco y esos son de rajas con queso

—Gracias —les dije mientras me servía uno de puerco y uno de rajas, armando un plato fuerte con frijoles, arroz y bastante salsa picosita.

Todos almorzamos muy bien. La plática, los sabores, lo picante y el café subieron el nivel de todo.

—Está bien rico todo… ¡Y esa salsa!

—Gracias —dijo Yolanda—. Los tamales los consigo aquí cerca con la doña y la salsa la hice en casa

—¿Y qué van a hacer hoy ustedes tres intrépidos? —preguntó Tere.

—Ir de compras —dijo Liliana—. Hay que conseguir todo para la niña y todo lo que tú quieres —giró y me tocó el brazo— llevar contigo a Londres

—Me falta otro regalo. Y lo más importante, que son las tortillas. ¡Ceci no me va a recibir sin tortillas!

—¿Dónde consigues las tortillas, Liliana? —le preguntó Tere— ¿Vas aquí a la Tortillería Zamora?

—Están muy buenas allí en Zamora y nos quedan cerca, pero las mejores según mis gustos las consigo en la Tortillería Lolo y Bolo. Hacen de harina y de maíz, todas a mano, te las puedes comer ahí calientitas, en tacos, o puedes comprar por docena para llevar. Son deliciosas

—Ahí tenemos que ir —le dije.

—Sí. Lo único es que cierran temprano. Abren a las seis de la mañana, pero ya para las tres o cuatro de la tarde ya están cerrando

Yolanda empezó a repartir el pastel, mientras yo me serví un tamal de pollo, más frijoles y arroz echándole bastante salsa picosa. Creamos una mezcla de convivencia, nostalgia y energía que nos motivó a darle con todo en la calle a Liliana, Sofía y yo, listos para ir de compras y hacerlo todo, mientras la señora Alemán iba a quedarse en casa para disfrutar una tarde de descanso con sus hermanas.

—Vamos a cenar fuera, no nos esperes —Liliana le dijo a su mamá de salida.

Nos despedimos de todas y nos fuimos.

Era día de transición.

Fuimos a la tienda, al mercado, al tianguis. Le compramos a Sofía todo lo que necesitaba para el kínder, ya que mañana empezaba el nuevo año escolar, pero no sin pasar por alto las tortillas.

Conscientes de la hora, nos metimos al metro para llegar con tiempo a la Tortillería Lolo y Bolo. Nos recibieron muy bien dándole una tortilla calientita a Sofía que se comió ahí mismo. Yo compré varias docenas de tortillas, de maíz y de harina, que fueron muy bien envueltas en papel, destinadas a aportar los sabores mexicanos a la mesa de Ceci y Aurora.

Regresamos pronto a la casa para dejar todo porque ya era mucho para cargar, de ahí nos encaminamos de nuevo al centro comercial.

A través de la tarde y los sitios le compramos una mochila, una lonchera, un vestido y unos zapatos. Le conseguimos el duodécimo peluche, un ganso, que iba a compartir con su tío Carlos en su honor.

Igual fuimos a conseguir todo lo que yo le quería llevar a Ceci y Aurora. Unas velas, un marco, unos platos de cerámica y tazas para el café. También les llevaba un calendario mexicano para el año entrante que contaba todos los días festivos y las fases lunares.

El día se nos pasó volando mientras transitamos entre el metro y a pie, entre todos los mandados y los sitios, las manos y las mochilas llenas. Parecía que la tarde y el sol restante se esfumaban tan rápido hasta que llegó el atardecer con una fidelidad que evocaba los tiempos antiguos.

Los tres íbamos caminando en la zona peatonal al centro de la calle Ámsterdam, cerca del Parque México y la Avenida Michoacán, cargados de bolsas y mercancía, cuando de repente se abrió, entre los árboles y las nubes, un hueco en el cielo que nos brindó la luz del crepúsculo. Y allí apareció la luna creciente y fina, con su bella figura.

—¡Mira la luna! —les dije, lleno de emoción.

—Ay, sí, ¡mírala allá tan bella!

Ambas la miraron y la niña recibió todo el destello lunar con una enorme sonrisa.

La sensación de mi existencia en el entorno de nuestras vidas se alejó de la calle al ver la luna. Los últimos rayos de luz del sol que recibimos del atardecer y la parte de la luna que estaba siendo iluminada por la luz solar pusieron en relieve las tres dimensiones espaciales. Estaba más consciente que nunca del sol, la luna y la tierra y cómo se orientaban en el sistema solar, como si mi punto de vista fuera ajeno a todo.

Me puse a pensar en Londres, en Ceci y Aurora, en el vuelo que iba a despegar en veinticuatro horas. Ya casi era tiempo de llegar con ellas.

Pero todavía me quedaban pendientes en México. Pensé en Carlos y la fragilidad del crepúsculo que se detuvo, justo lo suficiente para dedicarle un abrazo y una sonrisa. Y luego volví el enfoque a la calle donde Liliana, Sofía y yo seguíamos caminando a lo que nos quedaba por delante.

Un rato después, los tres llegamos a un restaurante para descansar y cenar. Estábamos cansados de tanto andar con todo lo que compramos, pero era tan cómodo el lugar y la gente tan amable que pronto nos recobramos. Empezamos con unas sopas de fideo y luego cenamos milanesa de pollo, ensalada y papas fritas.

Ya era de noche cuando regresamos por fin a casa. Liliana subió para bañar a la niña, mientras yo le conté todo a la señora Alemán. Y luego a dormir. Sofía no se quería acostar esa noche, estaba tan nerviosa por entrar al kínder y todo lo que le esperaba el siguiente día.

Despedida

¡Por fin llegó el día!

Todos nos levantamos temprano para ir con la niña a su primer día de kínder. Las voces de Sofía y Liliana fueron las primeras que escuché, llenas de emoción, atendiendo los quehaceres de la mañana.

Y así sirvieron como mi despertador. Me alisté y pronto bajé. ¡Yo tampoco quería faltar!

La señora Alemán ya estaba en la cocina preparando el desayuno cuando bajaron Sofía y Liliana. La niña llevaba un vestido verde con tirantes, calcetines con volantes y zapatos negros, con su cabello en un moño y su mochila.

—¡Mira quién se ve tan, tan bella! —exclamó la señora Alemán.

—¡Gracias! —dijo la niña bajando al comedor.

Ella era la estrella, el centro de la casa, con su energía radiante y bien atendida por su abuela y su mamá. Después de haber comido, fueron a atender los últimos detalles de su mochila. Metieron todos sus materiales escolares, la lonchera y la cerraron. Estrenó el suéter que le había hecho su mamá. Le quedó perfecto. Y al fin tomó su nuevo ganso de peluche para llevárselo y comenzar su nueva aventura.

Para las 7:45 ya estábamos todos listos y salimos de la casa. Les tomé una foto y luego nos salimos a la calle. Ya había mucho movimiento y congestión como solía haber a tal hora. El reloj no decepcionaba. Era lunes.

Y dentro de toda esa densidad, dentro de todos los movimientos que se sumaban y que nos rodearon en un pequeño rincón de aquella colonia de la venerable Ciudad de México, que era polvo y cimientos, historia y evolución vigente de la antigua Tenochtitlan, allí iba Sofía con su mochila y zapatos, con su ganso de peluche, tomando la mano de su mamá, seguida de su abuela, tan bella y feliz, dichosa y lista para caminar a la escuela y empezar el año escolar.

Juntos caminamos las cuatro cuadras para ir a dejarla. Al llegar a la escuela, Liliana le recordó que yo ya no iba a estar.

—Dale un abrazo a Daniel, hija, se va a ir a Londres para estar con su hermana

—¿Cuándo vas a regresar? —me preguntó.

Me partió el alma escucharla y tener que decirle adiós, pero no se lo quería hacer más difícil.

—Otro día vuelvo para jugar contigo —le di una palmadita en el hombro— y para jugar al escondite con todos los peluches

Me devolvió el abrazo y la vi subir con Liliana hasta que la dejó con su maestra y los primeros niños y niñas que la rodearon. Ahí se incorporó a su grupo de kínder para empezar una nueva etapa de su vida.

Desde que había llegado se hablaba de este día. A lo largo de los días, llegué a percibir lo rápido que estaba creciendo y lo que esta hazaña significaba para ellas. Y de fondo, la ausencia de Carlos se había convertido en una energía que se unía a todo, permitiendo un desplazamiento sanador en el corazón a través de lo orgullosos que estábamos de Sofía, ahora reforzado por su presencia.

Liliana regresó con nosotros y luego se despidió para ir a la biblioteca. No sabía si iba a volver a verla ese día, así que nos dijimos adiós, abrazándonos allí enfrente de la señora Alemán. No la quería soltar, tanto era el afecto entre nosotros y lo que habíamos compartido aquellos días. Pero apenas volteé y ya se había ido.

La señora Alemán y yo regresamos a la casa, y despacio empecé a juntar todas mis cosas. Las energías de la mañana se difuminaban en el tiempo. Mi plan era contar con las horas restantes del día para tener todo listo e ir al aeropuerto esa tarde, tomando en cuenta el tráfico aplastante que solía haber en la ciudad y todas las filas para llegar al avión. Todavía me faltaba bastante por hacer cuando me dijo que quería volver al departamento de Carlos, pidiendo que fuera con ella como en las veces anteriores.

—Me acaba de hablar Rodolfo, él nos va a ayudar a sacar todo y llevarlo a donar

—¿Cuándo, ahora?

—Sí, ahorita ya va en camino. Solamente necesito dejarle la llave y decirle cómo debe hacer las cosas

—Ok, claro, vamos. Qué bueno que conseguiste a alguien

—Sí, Rodolfo es el hijo de una de mis amigas. Es de mucha confianza, él se puede encargar de todo eso

Dejé todo esparcido en el suelo y nos fuimos.

—Muchas gracias por toda tu ayuda mijo —me dijo la señora Alemán ya que íbamos en el taxi rumbo a la colonia Escandón, aprovechando el tiempo para hablar conmigo.

—De nada...

—Gracias por haber pasado todo este tiempo con nosotros

—No, gracias a ustedes por todo. Agradezco mucho haber estado aquí con ustedes

—Y le mandas muchas felicitaciones a tu hermana Ceci, por favor, de nuestra parte, les deseamos todo lo mejor a ella y a Aurora. Espero que puedan llegar con nosotros un día

—Muchas gracias, yo les digo con mucho gusto

Llegamos poco antes de las 10 y entramos al espacio de Carlos para esperar a Rodolfo. La señora Alemán se puso a hacer las últimas revisiones de lo que había, mientras yo me senté en el sofá a esperar sin otro motivo que cumplir la entrega de la llave y regresar a empacar.

Escuché el reloj. Sentí todos los segundos, tic, tac, tic, tac, que me atrajeron como una gravedad renovada en silencio.

Así pasamos un largo rato, tic, tac, tic, tac sin que llegara nadie.

De repente, me puse a caminar de un lado a otro de la sala, mirando el reloj. Miré afuera por la ventana para ver si llegaba, sin poder divisar quién sería Rodolfo. Traté de mantener la paciencia pensando en Sofía, imaginando cómo le iba en su primer día de kínder; enseguida pensé en Liliana. No había sido suficiente tiempo para despedirme de ella.

Para el mediodía ya estaba muy nervioso. Los ecos del reloj marcaron el tiempo discurrido entre entonces y la hora de ir al aeropuerto y el despegue. Bajé para ver si lo encontraba afuera, pero nada. Empecé a hacer cálculos para saber cuándo me tenía que ir. No quería dejar a la señora Alemán sola, pero ya no podía esperar más. De seguro ella entendería. No iba a perder otro avión.

Fui con la intención de decirle que ya me tenía que ir, cuando tocaron el timbre a las 12:25. Era Rodolfo. Por fin llegó.

—Hola, hola, ¿qué tal? ¿Cómo está, señora?

—Hola, Rodolfo, gracias por llegar

—Con mucho gusto. Mil disculpas por haber llegado tarde —giró y me dio la mano—. Hola, ¿qué tal? Soy Rodolfo

—Hola, Rodolfo, ¿cómo estás? Soy Daniel. Mucho gusto en conocerte

—Mira, Rodolfo, aquí te voy a dejar la llave

La señora Alemán le dijo exactamente lo que quería. Ella se iba a quedar con algunos muebles, las fotos, los libros y el reloj. Todo lo demás se iba a llevar a donar según sus deseos. No vaciló en tomar esa decisión.

En los pocos minutos que lo vimos, Rodolfo nos aseguró que podía hacerse cargo de todo, mostrando toda la confianza de la cual había hablado la señora Alemán. Además, era muy buena onda y quería quedarse a platicar de todo. Pero ya nos habíamos tardado mucho y se dio cuenta de que teníamos prisa.

—Perdón por haber llegado tarde —nos aseguró—, pero cuenten conmigo. Pronto le avisaré de todo, señora

—Muchas gracias, Rodolfo, lo agradecemos muchísimo

—¡Muchas gracias!

Regresamos a casa a la 1:15 y me apuré, envolviendo todo con cuidado para asegurar que llegaría bien a su destino. Empaqué las tazas, las velas y las joyas de Teotihuacan en mi mochila. Envolví el marco y lo metí entre las primeras capas de ropa en la maleta. Iba envolviendo los platos de cerámica cuando entró una llamada local de *+52* que no esperaba.

—Hola, ¿Daniel?

—Hola, sí, soy yo

—Buenas tardes. Soy Antonio Ayala Hinojosa de la Facultad de Economía en la UNAM

"Ay, wey", pensé, alzando las cejas.

—Sí, hola, buenas tardes, profesor Ayala. ¿Cómo está?

—Muy bien, Daniel, gracias. ¿Tienes unos minutos para hablar?

—Sí, sí. Seguro que sí

—Mira, fue un placer haberte conocido y nos quedamos muy impresionados con tu experiencia, tu forma de indagar y explicar cómo llevas a cabo un análisis profundo. No sé dónde andas o si estás comprometido con algo en San Francisco, pero si estás abierto a México y a la UNAM…

Oí a alguien llegar a la casa, mientras continuaba escuchando.

—Aquí tenemos un puesto abierto y estamos buscando un profesor adjunto. Si te interesa, deberías postularte. Yo creo que serías muy bueno, además estamos buscando alguien con tus cualidades. Desde mi punto de vista, es una muy buena oportunidad para ti y para nosotros. ¿Qué te parece?

—Muchas gracias, profesor Ayala. Sí me interesaría mucho. No tengo ningún compromiso en San Francisco —mi reacción era automática—. Lo único es que me voy a Londres esta tarde. Pero sí me interesa mucho y me encantó la UNAM. Quisiera pensarlo unos días. ¿Está bien?

—Sí, por supuesto. Nosotros queremos llegar a una decisión dentro del próximo mes, pero aún hay tiempo. ¿Qué vas a hacer en Londres?

—Visitar a mi hermana, se acaba de casar

—Disfruta Londres y el tiempo con tu hermana

—Gracias

—Oye, esa cerveza inglesa es muy buena, además tienen variedad de restaurantes. Los curry, sobre todo en Brick Lane, son buenísimos. ¿Los conoces?

—Sí, hace tiempo los probé. ¡Creo que habrá tiempo para eso!

—Excelente. Bueno, te dejo, Daniel, buen viaje a Londres y tómate el tiempo que necesitas para pensarlo. Y si te interesa, avísanos a José y a mí para tomar los siguientes pasos. Aquí tienes mi número por si tienes alguna pregunta o si lo quieres platicar más. Como dije, yo creo que sería muy buena opción

—Muchas gracias, profesor Ayala. Así lo haré. Gracias, ¡le agradezco mucho y fue un placer conocerlo!

—Gracias, igualmente

Colgamos y me quedé boquiabierto tras la llamada y pensando en la puerta que se acababa de abrir, cuando entró Liliana. No esperaba volver a verla esa tarde.

—¿Qué estás haciendo aquí? —le pregunté.

—Es que no quería despedirme de ti de esa forma. ¿Quién era?

—Era el profesor Ayala Hinojosa de la UNAM. Lo conocí el viernes, allí trabaja José. Habló para ver si quería postularme para un puesto, están buscando un profesor adjunto. Me dijo que sería muy bueno. ¡No lo puedo creer!

—¿En serio? ¿Y qué quieres hacer?

—No sé, pero pienso que sí. O sea, que sí lo quiero hacer

Saltó de inmediato, emocionada, me dio un abrazo y nos quedamos entrelazados en lo que era un abrazo que se extendió, se extendió hasta devenir en el encuentro más sincero entre dos seres, un abrazo que ya no era solamente eso, sino los primeros besos que nos dimos esa tarde, entrelazados tiernamente sin saber cómo soltarnos, un encuentro de amor compartido y descubierto en el más bello azar que fue conociéndose a través del tiempo trascurrido y el reconocimiento de que así nos queríamos, sin prisa, y que fue paulatinamente convirtiéndose en consciencia de la hora y lo que me faltaba hacer para llegar al vuelo.

Liliana me ayudó a envolver los demás platos de Ceci y Aurora mucho mejor de lo que yo lo hubiera hecho, mientras yo doblé el resto de mi ropa. Colocamos todo con mucho cuidado en la maleta formando capas de ropa, regalos y tortillas, interrumpiéndonos tempestivamente para envolvernos de nuevo en besos y caricias de ternura. La quería tanto. Y así se nos fue el tiempo.

Ahora me iba a llevar todos esos sentimientos, recuerdos y aspiraciones conmigo al aeropuerto y a Londres.

Poco tiempo después, llegó el taxi tocando la bocina, estacionándose enfrente de la casa. Cerramos la maleta y bajamos con todas mis cosas al vestíbulo donde me despedí de la señora Alemán, quien iba saliendo para recoger a la niña. Luego me despedí de Liliana.

—Ya vete, se te va el avión

—Te hablo en dos días, ya estando allá

La besé y nos abrazamos de nuevo, un abrazo sin prisa. Y luego me fui. Tomé todas mis cosas, bajé los tres escalones hacia la banqueta y me metí al taxi, volteando a ver la casa de piedra verde una vez más, despidiéndome de Liliana hasta que ya no la vi. Hasta que ya no se vio.

Welcome to London

I'm just going to go to those rocks
and then I'll come back.

Llevábamos 8 horas de vuelo.

El avión había pasado por encima de Tampico, Nueva Orleans, Atlanta, Boston y Nueva Escocia, casi todo de noche, hasta emprender la travesía del Océano Atlántico hacia el Oriente y el amanecer.

Ahora íbamos en alguna distancia al sur de Islandia. Parecían ser entre las nueve y las diez de la mañana, tiempo local, con amplio sol. Solamente faltaban 2 horas más para aterrizar en Londres. Para ver a Ceci y Aurora en la sala de recién llegados en Heathrow. Para estar con ellas.

Muchos pasajeros seguían dormidos en fidelidad al reloj mexicano, mientras otros respondieron a la luz del nuevo día y al servicio de desayuno que se estaba empezando a ofrecer.

Había logrado dormir un poco, pero más que nada me la pasé pensando en Liliana. A través de nuestra pérdida ella y yo nos encontramos. También pensé en Sofía, imaginando cómo le habría ido en su primer día de kínder. Pronto comenzará su segundo día.

Me sentí tan agradecido por el amor que había compartido con la familia Alemán y lo que sentimos por Carlos, quien ahora nos acompañaba a todos.

No tardaron en llegar las asistentes de vuelo a ofrecerme un café.

—Sí, por favor

Vi el mapa de nuestra posición en vivo y luego miré por la ventana. Todavía nos quedaba océano por delante hasta llegar a la próxima tierra, que sería Irlanda.

Pensé en Ceci y Aurora. Ahora iba a dedicarme por completo a ellas, a disfrutar el tiempo y celebrar.

Me dieron la taza de café y le di el primer trago. No había turbulencia.

Empecé a sentir el reloj británico.

Agradecimientos

Mil gracias a Rodrigo Llop de *Azul Chiclamino* por toda su enseñanza, energía creativa, proceso, disciplina e inspiración. ¡Vamos a escribir, vamos a publicar!

Deseo agradecer de manera especial a *Hablando de Letras* por toda su magia, experiencia, confianza y apoyo corrigiendo el manuscrito. ¡Muchas gracias!

Muchas gracias a mi hija Anneliese Mireles por el diseño de la portada, las ilustraciones y sobre todo por su máxima creatividad, inspiración y destello. ¡No lo hubiera hecho sin ti!

Gracias a mi mamá y papá por todo su amor, por las enchiladas y el mole, esa salsa ranchera, por ser una gran inspiración para tantas personas y siempre estar a mi lado. ¡Los quiero mucho!

Gracias a toda mi familia, a mis amigas y amigos, y a todos mis queridos seres de ambos lados que me han inspirado a crear esta obra, gracias por acompañarme en mis sueños y contar conmigo.

Y finalmente, gracias a Christina Anita por detener el crepúsculo en marzo, por su sonrisa en verano, por su amor y apoyo infinito. Thank you my love for everything.

Sobre el autor

Ernesto Mireles escribe poesía e historias y es el autor de *El amor es a tiempo*.

Otros libros de Create Sparkle

Swinging Alone by Anneliese Mireles (inglés)

Luana has lived in a beat-up RV ever since she can remember. Money is hard to come by and friends are hard to keep, so when the opportunity to live in an apartment shows up, Luana can't wait. She starts to discover her artistic voice and settle into her new community, but she still can't shake the fear that she'll end up back in the RV. Life in a small apartment is harder than she ever imagined, and there's no telling how long it will last.

Set over the course of two summers, *Swinging Alone* tells a remarkable story of hopes and dreams, opportunities and fortune, and the more important things in life.

Made in the USA
Middletown, DE
26 April 2022